GASTSPIEL

David Bielmann
als Pierre Paillasse

GASTSPIEL

2. Auflage 2016

Die Erstausgabe erschien 2013
im WOA Verlag, Zürich

Alle Rechte vorbehalten

Umschlaggestaltung:
Fabienne Bielmann
Graphic & Web Dimorph.ch

Satz und Lektorat:
WOA Verlag, Zürich

© 2016
Herstellung und Verlag:
BoD – Books on Demand, Norderstedt

ISBN:
978-3-7412741-9-0

Freitag, 9. März 2012

Fredi lag auf einem Liegestuhl und blickte über das blaue Meer. Neben ihm räkelte sich Roberta, sie trug ein violettes Nichts und war schöner denn je. Ihre Haut war noch ganz nass und glänzte im Sonnenlicht – sie hatten sich eben erst gemeinsam im Wasser vergnügt. Es erfüllte Fredi mit Genugtuung, dass er sie wieder zurückerobert hatte. Sie konnte ihm offenbar nicht widerstehen. Üppige Palmen spendeten etwas Schatten, ansonsten war der Strand leer. Und zwischen den beiden, da stand er, leicht versenkt im weissen Sand: die Vollendung des Glücks, Ausdruck der grösstmöglichen Ekstase – der Meisterpokal des Schweizer Eishockeys.

Im gelben Pokal, der rein fürs Auge gar nicht besonders schön war, steckten zwei lange Trinkhalme. Fredi schnappte sich einen, führte ihn an seinen Mund und liess ein paar Schlucke des kühlen, süssen Champagners in sich laufen. Roberta neigte sich zu ihm hinüber und fuhr mit ihrer Hand sanft über seinen grossen behaarten Bauch ...

Plötzlich klingelte sein Handy. Wie ärgerlich. Da lag er hier an einem traumhaften Strand, in Begleitung einer bezaubernden Frau und trank aus dem himmlischen Meisterpokal göttlichen Champagner, und nun erlaubte sich jemand, ihn zu stören. Er sah noch einmal über die Wellen des Ozeans, und jetzt schien ihm, dass das Meer nicht mehr so betörend blau wie eben noch war, es war grau geworden, ebenso der Himmel, wo sich bedrohliche Wolken vor die Sonne geschoben hatten.

Das Handy klingelte immer noch. Wo war es eigentlich? Er hatte es doch gar nicht mit an den Strand genommen, damit ihn auch niemand belästigen konnte. Es wurde immer kühler, ein kalter Wind pfiff ihm über den Bauch, und mit dem Wind kam der Nebel, sodass er das Meer bald nicht mehr sehen konnte. «Was ist denn los?», sagte er besorgt zu Roberta, doch als er keine Antwort bekam, bemerkte er, dass ihr Liegestuhl leer war.

Ein gewaltiges Gewitter braute sich über dem Paradies zusammen. Aber im Paradies gab es doch gar kein Gewitter, hatte Fredi gemeint, sonst wäre es ja kein Paradies. Die Augenblicke vorhin hätten jedoch paradiesischer nicht sein können. Alles verflüchtigte sich nun, nur eines blieb – das verdammte Klingeln seines Handys. Endlich kam ihm auch der Klingelton bekannt vor, er basierte auf Madonnas «The Power of Good-Bye».

Nein. Er lag gar nicht am Strand. Er lag im Bett seiner Zweizimmerwohnung im regnerischen Schönberg. Und Roberta lag auch nicht neben ihm, sondern im besten Fall nicht in den Armen eines anderen. «Aber lass uns bitte Meister sein», flehte Fredi im Halbschlaf. «Lass wenigstens dies nicht Traum gewesen sein.» Fredi versuchte, in den Traum zurückzukehren, aber es gelang ihm nicht. Es war bereits zu viel Wirklichkeit in sein Bewusstsein gedrungen – schliesslich auch die Tatsache, dass der HC Freiburg Gottéron in seiner ganzen

Vereinsgeschichte noch nie Meister geworden war. Zumindest hatte er im Traum eben kurz das Meistergefühl erahnen können. Aber das war wohl doch nicht ganz das gleiche.

«Freedom comes when you learn to let go» – immer noch hörte er die Stimme seiner Lieblingssängerin, es war offenbar wichtig. Endlich hob Fredi das Handy vom Boden auf, setzte sich auf den Bettrand und nahm den Anruf einer ihm unbekannten Nummer entgegen.

«Hey, alter Penner!», hörte er.

«Wer auch immer du bist, nenn mich nicht alter Penner», antwortete Fredi mit einer tiefen und langsamen Stimme, die den bis vor kurzem andauernden Schlaf nicht verleugnen konnte.

«Jetzt behaupte nicht, dass ich dich nicht geweckt habe!»

Die doppelte Verneinung verwirrte Fredi kurz, er brauchte einen Moment, um den Satz zu erschliessen. Im Gegensatz zu ihm schien der Anrufer schon eine ganze Weile auf den Beinen zu sein, jedenfalls stellte sich Fredi eine nervöse, mit den Armen gestikulierende Person vor.

«Du hast doch gepennt, oder?», hakte der Unbekannte nach.

Fredi hatte keine Lust, dies zuzugeben. Aber die Schlagfertigkeit war am Morgen seine Stärke nicht. Also fragte er trocken: «Wer bist du und was willst du?»

«Ich habe ein Projekt. Du wirst es mir nicht glauben! Es ist so geil!», faselte der Unbekannte.

«Was?» Fredi fragte sich, ob ihn der Anruf überhaupt betraf. War der Kerl, der ihn in hohem Bogen aus dem Paradies geworfen hatte, etwa falsch verbunden?

«Fredi. Wir treffen uns am Samstagabend um halb acht. Alles andere später. Vertrau mir einfach», sagte die Stimme nun langsamer und weniger hektisch, und tatsächlich klang sie dadurch gleich ein bisschen vertrauenswürdiger. Ein bisschen. Ausserdem war Fredi beim Namen genannt worden, es konnte sich also nicht um ein Versehen handeln.

«Und wo?»

«Aha, ja! Vor dem Rathaus. Um halb acht. Bist du dabei? Ja oder nein?»

«Und jetzt sag mir noch, wer du bist.»

«Du meine Güte, Fredi, du erkennst mich immer noch nicht? Dein alter Busenfreund. Deine Hoffnung auf bessere Zeiten. Dein Erlöser. Ich bin's. Big Bad Boy.» Er sprach seinen Namen mit etwas tieferer Stimme aus, und zwischen die drei Wörter fügte er kunstvolle Pausen ein. Dann legte er einfach auf.

Fredi stiess die Luft aus und liess sich wieder auf die Matratze fallen, die ungleich härter war als der Liegestuhl in seinem Traum. Auf dem Nachttischchen stand eine Flasche mit der Etikette «J.P. Chenet». Zumindest den Champagner hatte er nicht geträumt, obwohl derjenige im Traum sicher teurer war. Fredi schnappte sich die Flasche und nahm einen zu grossen Schluck, sodass ein Teil davon über seine Backen schäumte und auf das Laken tropfte. Besser war er im Traum auch gewesen. Und kühler natürlich. Fluchend stand er auf. Der Tag konnte beginnen.

Er kurbelte die orangen Rollläden seiner Betonbauwohnung hoch und blickte auf orange Rollläden einer Betonbauwohnung. Die halb von dunklen Wolken bedeckte Sonne warf etwas Licht auf das Packpapier, das an seiner Schlafzimmertür hing. Es sorgte jeweils dafür, dass Fredi den Tag mit einem Lächeln auf dem Gesicht begann, so dreckig es ihm auch gehen mochte. Obwohl in seinem kleinen, fülligen Körper keine kreativen Adern vorhanden waren, hatte Fredi das Papier anlässlich eines historischen Ereignisses selber gestaltet. Ein Ereignis, das den Aufwand auf jeden Fall rechtfertigte. In einer Schrift, die sich seit der dritten Klasse nicht mehr verändert hatte, stand ganz oben das Datum *15. Oktober 2011*, und darunter die Tabelle der Schweizer Eishockeymeisterschaft:

1. *HC Freiburg Gottéron*   *33 Punkte*
2. *Kloten Flyers*   *31 Punkte*
3. *HC Davos*   *31 Punkte*
4. *EV Zug*   *30 Punkte*
5. *SC Bern*   *29 Punkte*
6. *EHC Biel*   *20 Punkte*
7. *HC Lugano*   *20 Punkte*
8. *ZSC Lions*   *19 Punkte*
9. *SCL Tigers*   *17 Punkte*
10. *HC Ambri Piotta*   *17 Punkte*

Da er oben eine etwas zu grosse Schrift eingeschlagen hatte, reichte der Platz nicht mehr für die beiden letztplatzierten Servette Genf und Rapperswil. Aber das war ihm egal. Die Ränge zwei bis zwölf interessierten ihn herzlich wenig. Dreizehn Jahre lang hatte man als Gottéron-Anhänger auf eine Tabellenführung warten müssen! Dreizehn verdammte Saisons nie an der Spitze! Das Warten hatte sich gelohnt. Das Leben hatte ihm in letzter Zeit nichts Vergleichbares mehr geboten. Später war man zwar wieder leicht zurückgefallen und schliesslich auf dem dritten Quali-Rang gelandet – aber es war eine wunderschöne Zeit, die Zeit als Tabellenführer. Fredi reiste in dieser Zeit regelmässig per Autostopp durch die Schweiz, nur um stolzen Hauptes im Gottéron-T-Shirt durch die Gassen zu spazieren.

Fredi sammelte die Kleider zusammen, die neben dem Bett auf dem ganzen Boden verstreut lagen. Ein scharfer Geruch wies ihn darauf hin, dass er in absehbarer Zeit wieder einmal waschen gehen sollte. Seit ein paar Tagen war sein Kleiderschrank leer und sein Wäschekorb voll, aber das musste jetzt warten, denn es war Playoff-Zeit.

Big Bad Boy. Natürlich erinnerte sich Fredi Egger an ihn. Busenfreund, na ja, so weit ging Fredi wohl nicht, was ihr Freundschaftsverhältnis anging – auch, weil er gar nicht richtig wusste, was das Wort bedeutete, jedenfalls klang es etwas schlüpfrig. Man hatte sich erst im Frühjahr kennengelernt, jedoch sofort erkannt, dass man ein gemeinsames Interesse hatte, und zwar mehr Geld zu besitzen. Beide hatten sie beteuert, dass man ja nicht gerade reich sein müsste, aber etwas mehr Geld wäre schon nicht schlecht in dieser Welt, darüber war man sich einig. Geld eröffnete einfach Möglichkeiten, erweiterte den Spielraum, erlaubte einem den

Genuss vieler Genüsse. Sie hatten damals beschlossen, dass man allenfalls einmal zusammen daran arbeiten könnte. Man hatte es nicht ausgesprochen, aber es verstand sich praktisch von selbst, dass das Unternehmen durchaus krimineller Natur sein durfte. Unter Gleichgesinnten braucht es oft keine Worte.

Fredi hatte seit Beginn der Playoffs eine mögliche Zusammenarbeit etwas aus den Augen verloren, er konnte sich in dieser Zeit schlecht auf andere Sachen konzentrieren. Ein Eishockeyspieler beschrieb die Endphase der Meisterschaft einmal mit den Worten «Eishockey, Schlafen, Essen, Eishockey», und dies traf auch auf Fredi ziemlich gut zu. Eventuell müsste man in seinem Fall noch das Trinken hinzufügen – nach Siegen zur Feier, nach Niederlagen aus Frust, dazwischen aus Nervosität. Er konnte sich nicht vorstellen, wie ein wahrer Fan während den Playoffs noch arbeiten gehen konnte. Aber das war ein anderes Kapitel.

Fredi hatte mit der Arbeit abgeschlossen. Vor einigen Jahren liess man ihn nicht mehr, jetzt wollte er nicht mehr. Klar, es gab Schattenseiten des Nichtstuns, zum Beispiel die vielen Vorurteile der Leute. Aber die störten ihn längst nicht mehr. Und natürlich musste man auf vieles verzichten, die Sozialhilfe war knausrig. Dafür konnte man dieses Leben leben. Fredi wollte niemanden verurteilen, der sich für die Arbeit entschied, aber für ihn war das nichts mehr. Jedem das Seine.

Um sich etwas Gesellschaft zu verschaffen, schaltete er die Stereoanlage ein. Seit einer Woche hörte er sich täglich eine Scheibe von Pesticide an, die ihm ein Freund geschenkt hatte. Hardrock allererster Güte, der ihn oft dazu bewog, seine Mähne im Takt oder etwas abseits davon zu schütteln. Wobei man Fredis Gewächs auf dem Kopf kaum mehr guten Gewissens als Mähne bezeichnen konnte. Ende der Achtzigerjahre, ja, da hatte man ihn selbst an einem Europe-Konzert um seine Pracht beneidet. Ihm staunend hinterhergeschaut. Nach dem Konzert hätte ihm beinahe ein Groupie abgenommen, er sei der Gitarrist. Allein sein Englisch entlarvte den Schwindel. Längst vergangene Zeiten. Heute konzentrierte sich Fredis Haarwuchs vor allem auf den Hinterkopf, da hingen noch recht dichte braune Strähnen. Seine Stirn jedoch wurde länger und länger. Ja voilà. Fredi war sowieso der Meinung, dass wahre Schönheit von innen kam, jedenfalls bei Männern. Beim nächsten mitreissenden Refrain begann er zu singen, liess es dann aber sofort wieder bleiben. Der Song gefiel ihm – aber nur, weil er nicht wusste, dass die Kerle von Pesticide Berner waren.

Während sich Fredi ein Spiegelei zubereitete, dachte er über den Anruf nach. Was Big Bad Boy wohl vorhatte? Etwas nervös machten ihn seine Andeutungen schon. So gut kannte er ihn nun auch wieder nicht, er konnte nicht richtig einschätzen, wie weit er tatsächlich gehen würde. Zu einem weiteren Mord jedenfalls war Fredi nicht bereit.

Es verging kaum eine Woche, in der er nicht an jenen Moment dachte. An jenen Moment, in dem der Berner Markus Zenger seinen Lebensgeist aushauchte. Das war aber erst der Anfang dieser verrückten Geschichte. Sein Kumpel André wurde für die Tat zu fünfzehn Jahren Zuchthaus verurteilt, und Fredi fand sich nach bangen Wochen immer noch auf freiem Fuss. Natürlich, manchmal gab es leichte Anzeichen von Gewissensbissen gegenüber André, doch meistens war Fredi geschickt genug, sie gar nicht erst zuzulassen. Im Grunde hatte ihn André nämlich zu diesem dummen Nachschuss angestiftet und es deshalb mehr als verdient, dafür geradezustehen. So war die Tötung inzwischen zu nichts mehr als einer Episode in Fredis Leben verblasst. Fredi wusste, dass sich solche Gedanken nicht gehörten, aber eigentlich konnte er der Sache manchmal sogar etwas abgewinnen. Es war eine Erfahrung, die er nicht mehr missen mochte, denn sie hatte ihn als Persönlichkeit weiterentwickelt, er dachte nun manchmal etwas bewusster über das Leben nach, setzte sich sogar mit philosophischen Fragen auseinander, wenn er ein paar Büchsen Bier geleert hatte.

Samstagabend um halb acht. Das war morgen. Und morgen war Samstag, also Eishockeytag, Playoff-Tag, also Viertelfinal, Gottéron gegen Lugano, Runde fünf – wie hatte er das vorhin vergessen können? Sein Kopf war wohl so kurz nach dem Schlaf noch nicht ganz auf der Höhe gewesen. Dazu kam die Überraschung darüber, dass Big Bad Boy bereits ein konkretes Projekt entwickelt hatte. Er hatte es geschafft, Fredi für kurze Zeit aus der Playoff-Phase zu reissen. Doch eines stand fest: Big Bad Boys Idee konnte noch so brillant sein, morgen Abend war Fredi nicht dabei. Fredi war nicht im Geschäft, denn das Verpassen eines Playoff-Spiels von Gottéron war mit nichts aufzuwiegen. Ohne zu zögern wählte er die Nummer seines Kumpels.

«Big Bad Boy?», rief Fredi in den Apparat, diesmal mit kräftigerer, bestimmterer Stimme.

«Ja?»

«Vergiss es.»

«Was?»

«Morgen geht nicht, ich hab was Wichtiges vor.»

«Was denn?»

«Egal, aber ich kann's nicht verschieben.»

«Sag mir, was du Besseres vorhast, Fredi.»

Es war Fredi unangenehm, Big Bad Boy den Grund für seinen Rückzieher zu nennen. Er als absoluter Eishockeyignorant würde ihn sowieso nicht verstehen. Da ihm keine brauchbare Lüge in den Sinn kam, blieb ihm nur die Wahrheit übrig. «Eishockey», sagte er knapp.

«Was Eishockey?» Die erwartete entgeisterte Reaktion.

«Ich muss ans Spiel. Du willst doch nicht im Ernst etwas unternehmen, obwohl Gottéron spielt!», rief Fredi nun lauter. Er ärgerte sich darüber, sich überhaupt rechtfertigen zu müssen. Manche Leute begriffen einfach nicht, dass sich gewisse Sportanlässe weder verschieben noch verpassen liessen.

«Mein Gott, Fredi, was bist du nur für ein Dummkopf», hörte Fredi Big Bad Boy rufen. «Unser Projekt findet nicht morgen statt, *obwohl* Gottéron spielt, sondern gerade *weil* Gottéron spielt!»

«Was?» Jetzt begriff Fredi nicht.

«Ich bin grad auf dem Grande Place. Wenn du mehr wissen willst, dann komm her!» Dann beendete Big Bad Boy den Anruf.

Fredi eilte mit kurzen Schritten vorbei am Restaurant Gemelli, wo es etwas dunkel wurde, da das mächtige Equilibre fast alles Licht verschluckte. Es war ihm immer etwas mulmig zumute, unter den Flügeln des neuerbauten Gastspielhauses hindurchzugehen. So viel freischwebender Beton – da musste man kein Ingenieur sein, um zu erkennen, dass das auf Dauer nicht gut gehen würde.

Er hielt eine Migros-Papiertasche mit einigen Büchsen Denner-Bier in der Hand – es konnte ja sein, dass das Treffen länger als geplant dauern würde. Seit geraumer Zeit trank er kein Cardinal mehr. Um genauer zu sein seit Ende Juni 2011, als man Freiburg seiner Traditionsbrauerei beraubt hatte. Da konnte sein Idol Julien Sprunger noch so lange für die «Original Dzodzet»-Aktion werben, Fredi blieb hart. Er schloss nicht aus, irgendwann wieder zu einem Cardinal zu greifen, aber so ganz ungestraft konnte er die Schliessung durch Feldschlösschen nicht sein lassen. Er wollte der Grossbrauerei zumindest einen Denkzettel verpassen.

Schon von Weitem entdeckte er Big Bad Boy hinter dem Tinguely-Brunnen, da er nervös umherging und Fredi bereits zu sich heranwinkte. Fredi hatte Big Bad Boy noch nie sitzen gesehen. Er hatte ihn sogar noch nie stehen gesehen. Er war immer in Bewegung. Beim Sprechen gestikulierte er derart wild mit den Armen, dass auch ein Tauber ihm problemlos hätte folgen können. Gelegentlich zuckte er dabei merkwürdig mit dem Hals, Fredi nahm an, dass sich dies ausserhalb seiner Kontrolle abspielte.

Als Fredi ihn aus näherer Distanz sah, fiel ihm wieder auf, wie wenig er ihn eigentlich kannte. Sie waren sich bloss ein paar Mal über den Weg gelaufen, aber noch nie tagsüber. Die Anspielung darauf, dass die Tat etwas mit seinem geliebten Eishockeyclub zu tun hatte, bereitete Fredi ernsthafte Sorgen. Er malte sich bereits die schlimmsten Sachen aus. Vielleicht wollte Big Bad Boy damit drohen, das Stadion in die Luft zu sprengen, vielleicht wollte er gar einen Spieler entführen und Lösegeld einfordern – nichts schien unmöglich zu sein. Aber Fredi würde dergleichen nie zulassen. Sollte Big Bad Boy Gottéron in irgendeiner Weise Schaden zufügen wollen, dann würde er nicht nur nicht dabei sein, sondern den ganzen Coup verhindern. Für einen kleinen Moment sah er sich schon als heroischen Retter Gottérons, dann schüttelte er den Kopf. Er hatte ja noch gar keine Ahnung.

Big Bad Boy hatte seine halbkurzen Haare blond gefärbt und mit Gel zerzaust. Komisch, früher sorgten Gel und derlei Mittel noch für Ordnung auf dem Kopf, heute bezweckte man damit meist das Gegenteil, dachte Fredi. Das Verrückteste an ihm waren seine Augen. Sie leuchteten schneeweiss, wurden von roten Äderchen durchzogen und enthielten eine stechend blaue Iris. Umgeben wurden sie von tiefen, markanten Falten. Die Augen von Big Bad Boy. Sie erzählten bücherweise von wilder Vergangenheit.

Er schritt hastig auf Fredi zu und plante eine Umarmung. Fredi konnte sie gerade noch verhindern und liess sich zu einem freundschaftlichen Schlag auf die Schulter hinreissen. Die Tendenz, dass sich immer mehr Männer zum Gruss umarmten, war ihm gar nicht geheuer. Das war nun wirklich nicht nötig. Ein kräftiger Händedruck hatte seine Sache auch immer getan.

Big Bad Boy rauchte innerhalb weniger Sekunden den letzten Drittel seiner glimmenden Zigarette fertig, nahm ein paar zusammengefaltete Blätter aus seiner Hosentasche, zündete sich eine neue Zigarette an, entfaltete die Blätter und begann mit einer längeren Erklärung.

«Diese Blätter hier», sagte er stolz, «machen uns reich.»

Ein Stapel Papier vermochte Fredi noch nicht zu beeindrucken. Er setzte sich auf den steinernen Rand des Brunnens und öffnete ein Bier.

Big Bad Boy blieb stehen. «Ich habe diese Blätter vor dem Fanshop gefunden», erklärte er. «Sie steckten in einem Couvert, das an eine gewisse Frau Marie-Jo Röbig adressiert war. Keine Ahnung, wie es dort auf den Boden kam, aber jedenfalls wurde ich sofort neugierig. Irgendwie ahnte ich in diesem Moment bereits, dass es mein Leben verändern würde.»

«War das Couvert schon geöffnet?», fragte Fredi misstrauisch.

«Ich habe es geöffnet.»

Fredi nickte. So viel kriminelles Blut besass auch er, um diese Aktion gutzuheissen, auch wenn das Couvert an seinen Lieblingsclub adressiert war.

«Auf den Blättern ist eine Liste, die ...»

«Jetzt zeig schon her, ich habe nicht viel Zeit», unterbrach ihn Fredi, der sich langsam zu ärgern begann.

Es war ein ganzer Stapel Blätter, und die Blätter

schienen nichts als eine lange Liste mit Namen und Adressen und Telefonnummern zu enthalten.

«Gibt's da irgendwo Bankkonten?», fragte Fredi.

«Nein, das nicht.» Big Bad Boy war ein bisschen enttäuscht über Fredis Skepsis. Da hatte er einen riesigen Fisch an Land gezogen, und sein möglicher Partner machte ein derart grimmiges Gesicht. «Es ist vielleicht sogar besser als Bankkonten.»

Fredi runzelte die Stirn und nahm einen Schluck des Denner-Biers, das zugegebenermassen nicht ganz an den Geschmack des Cardinals herankam, aber da musste er jetzt durch.

«Es ist eine Liste mit allen Saisonkartenbesitzern», kam Big Bad Boy nun endlich zur Sache. «Hier, schau mal.» Er fuhr mit dem Zeigefinger hastig über die Namen einiger Blätter. «Das sind die Stehplätze. Die sind für uns aber weniger interessant. Unsere Leute sind diejenigen auf den Sitzplätzen.»

«Was hast du mit ihnen vor?», fragte Fredi und musterte Big Bad Boy mit einem scharfen Blick.

«Fredi! Verstehst du denn nicht? Hast du denn gar keinen Sinn für das Verbrechen? Diese Liste ist eine wahre Bibel für Einbrecher! Sie enthält für uns unbezahlbare Informationen. Sie sagt uns nämlich, zu welchem Zeitpunkt über 5000 Leute nicht zu Hause sind.»

«Dumm nur, dass die Saison bald vorbei ist. Noch zwei Mal verlieren, und dann ist fertig, oder?», fragte Big Bad Boy, der sich derzeit nur wegen der geplanten Einbruchreihe für Eishockey interessierte.

«Theoretisch ja. Aber glaub mir, es wird noch ein paar Spiele geben», meinte Fredi und zertrat die Denner-Dose mit dem Fuss. Er fand Big Bad Boys Idee gar nicht mal schlecht, denn man schadete damit ja in keiner Weise dem Club, sondern nur einigen wenigen Anhängern. Klar, es hätte viel mehr Spass gemacht, ein paar Berner Fans auszurauben, aber er sah ein, dass man nun mal eine Liste mit Saisonabonnenten des HC Freiburg Gottéron und nicht des SC Bern besass.

«Es kann aber sein, dass morgen das letzte Heimspiel der Saison stattfindet. Fredi! Ich könnte es nicht verantworten, da nicht zuzuschlagen», rief Big Bad Boy mit kämpferischem Blick aus, woraufhin ein muskulöser junger Mann, der eben an ihnen vorbeigehen wollte, einen etwas grösseren Umweg in Kauf nahm.

Big Bad Boy bemerkte dies und lächelte. Er liebte es, wenn er auf Menschen irgendwie wirken konnte. Er hatte schon oft beobachten können, dass er einen besonderen Einfluss auf Leute besass, ja oft eine geradezu magische Aura. Darauf war er stolz. Es gab nämlich sonst nicht viel, worauf er hätte stolz sein können.

Fredis etwas widerwillige Sympathie für Big Bad Boys Plan rührte jedoch weniger von dessen Aura her als vom Bier, das bereits wieder in Strömen in ihn floss. Einmal angefangen, konnte er diesen Fluss kaum mehr stoppen, obwohl er sich eigentlich gerne als charakterstarken Mann bezeichnete.

Einige Einwände hatte er aber schon noch parat, um doch in den Genuss des Playoff-Spiels von morgen zu kommen. Big Bad Boy erklärte sie jedoch alle für ungültig. Die Einbrüche auf nächstes Jahr zu verschieben kam für ihn nur bedingt in Frage, da ja viele Saisonkarten wieder ihren Besitzer wechseln würden. Und nur während des ersten Drittels auf Streifzug zu gehen, schien ihm zu Fredis Enttäuschung doch etwas kurz zu sein. Aber Fredi gab nicht auf: «Eigentlich könnten wir ebenso gut an einem anderen Abend durch die Strassen ziehen, und wo kein Licht brennt, ist niemand zu Hause.»

Big Bad Boy lächelte. «Das ist eine Ansicht, die nicht dem neuesten Stand der Kriminalität entspricht, Fredi. Wie viele Leute lassen heute das Licht brennen, um Einbrecher zu täuschen? Wenn irgendwo den ganzen Abend das gleiche Licht brennt, kann man sogar annehmen, dass niemand zu Hause ist. Aber so viel Geduld haben wir nicht. Ich jedenfalls nicht.»

«Einverstanden», meinte Fredi dazu. «Ich sagte ja aber auch nicht, dass bei Licht jemand zu Hause ist, sondern dass kein Licht Bude leer bedeutet.»

«Du hast eine Ahnung.» Big Bad Boy schüttelte heftig den Kopf. «Computerspiele, Drogen, Sex – dafür braucht's kein Licht. Meine Methode ist viel zuverlässiger.»

Fredi legte sich schliesslich im Verlaufe des nächsten Biers eine Logik zurecht, die ihn für die morgige Abwesenheit im St. Léonard halbwegs trösten konnte. Würde er nämlich ein gutes Spiel verpassen, dann war die Chance gross, in dieser Saison noch mehr gute Spiele sehen zu können. Würde er aber ein schlechtes Spiel verpassen, dann … dann hatte er eben nur ein schlechtes Spiel verpasst und würde sich weniger ärgern.

«Müssen wir uns irgendwie maskieren?», fragte Fredi zuletzt.

«Auf keinen Fall. Komm so, wie du bist.»

Das widersprach Fredis Vorstellungen von einem professionellen Einbruch. «Bist du sicher?», fragte er nach.

«Heute versucht man, so normal wie möglich auszusehen. Mit Maskierung kann man in brenzligen Situationen schlecht etwas schönreden. Aber die wird es gar nicht geben. Vertrau mir, Fredi!»

Fredi nickte, aber es bereitete ihm immer noch Mühe, diesem eigenartigen Kerl so etwas wie Vertrauen entgegenzubringen.

Am Abend vor der grossen Einbruchserie und der vorentscheidenden Viertelfinal-Partie zwischen Gottéron und Lugano, die er überdies noch verpassen sollte, konnte Fredi nicht zu Hause herumsitzen. Er brauchte Ablenkung, Bewegung und nicht zuletzt ein paar Beruhigungstropfen, um nicht verrückt zu werden.

Es zog ihn in Richtung Unterstadt, wie so oft, wenn wichtige Eishockeyspiele anstanden. Eigentlich hielt er nichts von Metaphysik und dergleichen, doch glaubte er, dass der Gottéron-Geist in der Unterstadt immer noch am stärksten spürbar war, ja geradezu in der Luft hing. Man konnte ihn regelrecht atmen.

Fredi hatte sich, nachdem er den Stalden hinuntermarschiert war, ins Restaurant des Trois Rois begeben. Obwohl die Terrasse des Restaurants zu den schönsten der Stadt gehörte und einen prächtigen Blick auf die

Unterstadt bot, sass Fredi meist an der Bar. Da hatte man sich nämlich die löbliche Idee einfallen lassen, oberhalb der Spirituosen Mützen aller zwölf Eishockeyclubs aufzuhängen, und zwar jeweils in der Reihenfolge der aktuellen Rangliste. Dies erlaubte Fredi heute noch einmal, die Playoff-Paarungen zu studieren. Mit Schadenfreude nahm er zur Kenntnis, dass man die Mütze des HC Davos nach dessen Ausscheiden gegen die ZSC Lions bereits entfernt hatte. Noch vor einigen Jahren hatte er keinen besonderen Argwohn gegen Davos gehabt, brachte dem Club nur jene für einen Gegner übliche Antipathie entgegen. Inzwischen aber erreichte der HC Davos, was Fredis Abneigung betraf, schon fast die Stufe des SC Bern. Schuld daran waren ein paar Bekannte von Fredi. In jener Zeit, als Gottéron in einer sportlichen Krise steckte und die goldenen Jahre von Davos anbrachen, hatten einige Freiburger das Lager gewechselt und fortan die Bündner unterstützt, selbst bei Duellen zwischen Gottéron und Davos. Das ging natürlich nicht. Das war unverzeihbar, ein Sakrileg! So kam es, dass sich Fredi über jeden Punktverlust des HCD besonders zu freuen und über jeden Sieg besonders zu ärgern begann. Freiburgs Sieg am 4. Dezember in Davos, der nach siebzehn aufeinanderfolgenden Niederlagen im Direktvergleich historische Dimensionen angenommen hatte, gehörte für Fredi zu den schönsten Momenten des vergangenen Jahres. Ironie, dass mit Franco Collenberg ausgerechnet ein Bündner das Siegestor erzielt hatte, der bei Fredi allerdings wieder untendurch war, seit sein baldiger Wechsel zum SC Bern feststand.

Davos also bereits draussen. Einziger Wermutstropfen daran war, dass damit die Zürcher weiterkamen. Bern schien sich gegen Kloten ebenfalls durchzusetzen und auch Zug fehlte gegen Biel nur noch ein Sieg. Die Serie zwischen Freiburg und Lugano erwies sich bisher als die ausgeglichenste, spannendste, nervenaufreibendste – weshalb Fredi gleich noch ein Bier bestellen musste. Er knabberte einen losen Hautfetzen von seinem Zeigefinger ab und starrte mit unerschrockenem Blick auf die Mützen der beiden Mannschaften. Heute liessen ihn selbst die bemerkenswerten Brüste der Serviertochter kalt.

Als Fredi in den Geldbeutel blickte, um die drei Stangen zu bezahlen, bemerkte er, wie knapp er wieder bei Kasse war. Im Grunde war dies keine Überraschung, er wusste es genau, aber bierschlürfend an der Bar war er seinen Geldsorgen etwas entflohen, die ihn nun jäh wieder einholten. Nach einigen Momenten, in denen er sich schon beschämt seine Zahlungsunfähigkeit beichten sah, war seine Erleichterung gross, als sein Turm, bestehend aus rund fünfzig Münzen, die erforderlichen neun Franken neunzig zählte. Glück gehabt, denn um einfach abzuhauen, kam er zu gerne hierher. Er konnte sogar noch zusätzliche dreissig Rappen zusammenkratzen, die er der Serviertochter als Trinkgeld dazugab – da sie so ein schönes Lächeln besass.

Kurz darauf fand sich Fredi mit leerem Portemonnaie und einem in Gang gebrachten Promillestand, der nach mehr verlangte, wieder am Stalden. So ärgerlich der Zeitpunkt auch war und so skeptisch sich Fredi am

Anfang gegeben hatte – das Projekt von Big Bad Boy war sicher eine gute Sache. Das musste ihm nun auch Fredi zugestehen. Er hatte es satt, seine Getränke stets mit Münzentürmen oder gar nicht bezahlen zu können. Ab morgen würde er eine Zeitlang jeweils eine Note auf die Theke knallen. Fredi lächelte. Aber noch war es nicht so weit.

Entgegen seines Geldbeutelinhalts zog er weiter, drang tiefer in die Unterstadt. Eine angenehme Brise flog ihm entgegen, Fredi atmete tief ein – die Luft roch nach den legendären Copains, nach den Mauern der ehrwürdigen Augustinerhalle, nach den Fischen der Fischzuchtteiche im Auquariter, wo vor über sieben Jahrzehnten die Geschichte begann, nach dem Schweiss der Gründerväter Schieferdecker oder Jelk … Die Unterstadt. Die heilige Kultstätte des Freiburger Eishockeys.

Fredi kam vorbei am Banshee's Lodge, ein hübsches, winziges, dunkles Irish Pub. Auf der kleinen, zwischen Parkplätzen liegenden Terrasse war kein Platz mehr frei, am Eingang baumelten farbige Ballone in der Luft, und von drinnen hörte er ein Banjo, Geigen, Flöten und nach Whiskey klingenden Gesang. Er wollte eintreten, doch das war gar nicht so einfach. Es hatten sich bereits viel mehr Leute in das schmale Pub gepfercht, als dieses eigentlich fassen konnte, zudem war es Fredi mit seinem stattlichen Bauch nicht gegeben, elegant durch die Massen zu gleiten.

Endlich schaffte er es, sich mit viel Geschick und Ellbogeneinsatz einen Platz an der Bar zu sichern. Doch was jetzt? Leider war auch dies hier eine Gaststätte, die nur kostenpflichtige Getränke anbot. Er sah sich um, ob Bekannte anwesend waren, in deren Nähe die Chance bestand, eine Runde bezahlt zu bekommen. Als er niemanden entdeckte, suchte er die Theke nach einem verwaisten Bier ab, doch alle Gläser befanden sich in sicherer Obhut. Schliesslich besah er sich doch die Preisliste. Ein sinnloses Unterfangen, denn selbst die tiefsten Preise waren mit einem leeren Portemonnaie zu hoch.

In letzter Zeit bestellte Fredi immer ein kleines Bier, was eigentlich eine dumme Angewohnheit war, wie er nun einsah, wo doch ein grosses weniger als das doppelte eines kleinen kostete.

«Monsieur, qu'est-ce que vous aimeriez boire?»

Er hob den Kopf und bemerkte, dass die Frage des jungen Kellners ihm galt.

«Ein Bier», sagte Fredi, «ein grosses», und verdeutlichte dies mit den Händen, sodass die Bestellung auch dann richtig ankam, wenn der Kellner über einen eher bescheidenen Deutschwortschatz verfügen sollte.

«Kronenbourg, Kilkenny, Guinness?»

«Guinness.» Eigentlich egal, Hauptsache kein Cardinal.

Augenblicke später konnte Fredi nicht glauben, was er eben getan hatte. Wie so oft in seinem Leben hatte sich die Vernunft nicht durchsetzen können. Doch alle, ausnahmslos alle hatten ein Getränk vor sich, und er, nur er, sollte darauf verzichten – das wäre nicht fair gewesen. Er nahm den Geldbeutel aus der Hosentasche und legte ihn vor sich hin, damit niemand auf den Gedanken kam, er sei ohne einen einzigen Rappen hier. Der Geldbeutel zeigte das alte Gottéron-Logo, mit blauem C und rotem F, und oberhalb diesem wurden sogar noch die drei Türme des Stadtwappens angedeutet.

«Voilà, Monsieur.» Der Kellner warf cool einen Bierdeckel auf die Bar, stellte ein grosses Guinness drauf und verlangte dafür fünf Franken.

«Ich bezahle dann am Schluss», antwortete Fredi zuerst auf Deutsch, und als ihn der Kellner irritiert ansah, noch auf Französisch. Doch der Blick des Kellners veränderte sich nicht.

«Ich möchte sofort einkassieren. Es hat viele Leute», sagte der Kellner bestimmt.

Schweren Herzens verliess Fredi die Theke, auf der ein schäumendes, grosses Bier stand. Was für eine Niederlage. Er fühlte sich ähnlich verbittert wie am Dienstag, als auch das zweite Heimspiel gegen Lugano mit 2:4 verloren ging. Auch da war man nahe dran gewesen und stand am Ende mit leeren Händen da.

Sollte er jetzt etwa durstig nach Hause gehen? Er kämpfte sich wieder durch die Leute und fand am grossen Holztisch einen freien Platz, wo er sich ohne längere Bedenkzeit hinsetzte.

Fredi unterschied sich in mancher Hinsicht von der Tischrunde, zu der er sich spontan gesellt hatte. Er war der einzige, der älter als dreissig war, er war der einzige, der nur ein T-Shirt trug, er war der einzige Mann. Ausserdem war er der einzige, der kein Bier vor sich stehen hatte.

Doch auf einmal entdeckte er eine nicht unwesentliche Gemeinsamkeit mit der Schwarzhaarigen, die im

Übrigen auch ein schönes Gesicht hatte, eine rassige schwarze Jacke und ein Piercing in der Unterlippe trug. Sie zog einen Geldbeutel mit dem alten Gottéron-Logo aus ihrer Tasche.

Fredi war hocherfreut und nahm seinen Geldbeutel ebenfalls wieder hervor, wodurch sich rasch ein interessantes und tiefgründiges Gespräch zwischen den beiden entwickelte. Sie sprachen über Heimschwäche und Auswärtsstärke, über die glanzvolle Rückkehr von Pavel Rosa, über die Stockkrümmung von Dmitry Afanasenkov, über Sandro Brüggers Interpretation der Center-Position, über die mangelnde Konsequenz im eigenen Slot, über die Souveränität im Boxplay, über die Nase von Romain Loeffel und den Bart von Michal Barinka …

Das Bier, das er nicht bekommen hatte, hatte Fredi vergessen. Zu sehr war er vertieft in die Diskussion mit der faszinierenden Schwarzhaarigen. Er versuchte gar nicht erst, die beiden identisch aussehenden Portemonnaies, die nebeneinander auf dem Tisch lagen, unauffällig auszutauschen.

«Trinkst du auch noch ein Bier?», fragte die Schwarzhaarige, nachdem man lückenlos und einstimmig begründet hatte, warum die Playoffs bisher nicht nach Wunsch liefen.

Das gab es doch gar nicht. War diese Frau denn perfekt? «Nein, schon gut», antwortete Fredi, bereits lächelnd. Ein erster, schwacher Protest gehörte sich, er wollte zu diesem Geschöpf nicht unfreundlich sein. Fest stand aber auch, dass er nun, wenn seine Tischnachbarinnen Nachschub holen würden, auch endlich ein Bier wollte. Beim ersten Nachfragen also würde er eine plötzliche Meinungsänderung vorgaukeln und in ganz netter Art zu einem Bier kommen.

«Wie du willst», sagte die Schwarzhaarige und stand auf.

Fredi glaubte, sich verhört zu haben. Das war nun ganz und gar nicht die Reaktion, die er erwartet hatte. Was für ein Idiot er war! Sein Bier, das er schon in der Kehle sprudeln gespürt hatte, war wieder in weite Ferne gerückt – er musste etwas unternehmen, und dies so schnell wie möglich.

Er stand auf, ging zwei Schritte, streckte den Arm und tippte der Schwarzhaarigen auf den Nacken, auf dem er den Ansatz einer Tätowierung sehen konnte.

«Entschuldigung … Könntest du mir bitte doch ein Bier mitbringen?», rief er, damit sie ihn im Lärm verstehen konnte.

«Kein Problem», lächelte sie. «Du kannst dann das nächste bezahlen.»

«Also gut», murmelte Fredi.

Wenn Fredi nicht so ein harter Hund gewesen wäre, hätte er auf dem Heimweg wohl geweint. Wenn er nur einen kleinen Sinn für Romantik gehabt hätte, dann hätte er sich wohl eingestanden, dass sein Bauch voller Schmetterlinge war, und dass es auf diesem Planeten etwas gab, das man noch mehr lieben konnte als Gottéron, nämlich Frauen, die Gottéron liebten.

Dann ging der Tag, an dem Ambrosi Hoffmann seinen Rücktritt vom aktiven Skirennsport verkündete, zu Ende.

Samstag, 10. März 2012

Als Fredi um zwanzig vor acht endlich auf dem Rathausplatz eintraf, war Big Bad Boy schon gut zwei Dutzend Mal die Rathaustreppe hoch- und runtergegangen. Er konnte es nicht fassen, dass man zu einem so wichtigen und heiklen Vorhaben zu spät kommen konnte, und noch weniger, dass jemand bei zehnminütiger Verspätung keine einzige Schweissperle auf der Stirn hatte.

«Mann Fredi, was fällt dir ein?», fauchte Big Bad Boy.

«Jetzt bin ich ja da», meinte Fredi ungerührt. Um nicht mit der Nervosität vor dem kommenden und dem Liebeskummer vom vergangenen Abend kämpfen zu müssen, hatte er versucht, heute so lange und so viel wie möglich zu schlafen. Das war ihm mehr als gelungen. Seine Kleider waren etwas zerknittert und sein Haar zerzaust, aber das hatte eigentlich nichts mit dem langen Schlaf zu tun. Das war auch so, wenn er nicht gerade erst aus dem Bett kam.

Obwohl das unseriöse Verhalten Fredis eine noch umfangreichere Kritik verdient hätte, befand Big Bad Boy, dass man schon genug Zeit verloren hatte und sofort zur Sache kommen sollte. Was ihm aber noch auffiel, war der Rucksack an Fredis Rücken, der seiner Wölbung nach nicht einmal leer zu sein schien.

«Was hast du da noch dabei, Fredi?», fragte er deshalb. «Wir wollen die Buden ausräumen und keine Geschenke mitbringen!»

«Das ist kein Geschenk. Und jetzt sag mir besser, wie das Ganze abläuft.» Fredi war nicht bester Laune und gab sich keine Mühe, dies zu verheimlichen.

Big Bad Boy hingegen war in einer Top-Verfassung. Er hatte sich perfekt auf den Tag X vorbereitet und nichts dem Zufall überlassen. Er nahm eine Stadtkarte hervor, auf der er den geplanten Raubzug eingezeichnet hatte. Dieser begann in der Reichengasse, führte dann weiter in die Pierre-Aeby-Gasse und in die Alpengasse und endete schliesslich im Villenviertel am Fusse des Schönbergs.

Es war jetzt 19:45. Das Spiel fing eine halbe Stunde später an als üblich, da es vom Schweizer Fernsehen übertragen wurde. Erfahrungsgemäss füllten sich die Sitzplätze erst wenige Minuten vor Spielbeginn. Wollte man also mit Sicherheit leere Wohnungen antreffen, durfte man noch nicht gleich zuschlagen.

«Ich habe für meine Auswahl verschiedene Kriterien berücksichtigt», sagte Big Bad Boy zu Fredi, der sich bereits auf die Bank gesetzt hatte. «Wichtig war natürlich, dass die Wohnungen alle in der Nähe sind. Es hätte auch attraktive Ziele in Romont, Bulle oder Tafers gegeben, aber da wäre der Transport zu aufwändig.»

Fredi nickte.

«Ausgeschlossen habe ich alle Abonnenten, die mit einem Partner zusammenwohnen. Wenn ich also auf der Liste zum Beispiel einen Heinz Lauper fand, der im Telefonbuch unter Heinz u. Rosa Lauper eingetragen ist, habe ich ihn sofort gestrichen – denn was nützt es uns, wenn der Heinz weg ist und die Rosa zu Hause? Verstehst du?»

«Ja», sagte Fredi.

Big Bad Boy gab noch ein paar weitere Erklärungen ab, die aber eigentlich selbstverständlich waren. Das wusste auch er, aber er war froh, wenn er einfach ein bisschen sprechen konnte, denn obwohl er oft aufgeregt war, war er noch nie so aufgeregt gewesen.

Interessanter wurde es dann wieder, als er die beiden ersten beiden Einbruchsopfer bekannt gab. Es handelte sich dabei um einen Arnold W. Rappo und eine Inga Vonlanthen. «Erstens wohnen sie in der Reichengasse, haben also sicher ordentlich Knete auf der Kante. Zweitens hat der erste einen Zweitnamen, das ist ein gutes Zeichen, und die zweite ist eine «Von», hat also blaues Blut.»

«D'accord», meinte Fredi, der die letztgenannten Argumente nicht ganz nachvollziehen konnte. Er wünschte sich, dass es bald losgehen würde.

«Das Wichtigste ist, dass wir uns unauffällig verhalten, hörst du, Fredi? Wir müssen so tun, als ob wir unsere Opfer seit Jahren kennen, als ob wir ihnen einen freundschaftlichen Besuch abstatten würden.»

Ein nobles Paar schritt über den Rathausplatz und trat ins Hotel de Ville ein, ein von Gastroführern hochgelobtes Restaurant. «Ab morgen essen wir hier jeden Tag», lachte Big Bad Boy.

Um 20:13 standen Fredi Egger und Big Bad Boy vor der Wohnung von Arnold W. Rappo, die sich etwa in der Mitte der Reichengasse im obersten Stock des Gebäudes befand. Jetzt erst stülpten sich die beiden ihre Handschuhe über, von denen Big Bad Boy zwei Paar mitgebracht hatte. Fredi lauschte an der Tür und erschrak. Da waren Geräusche. Er spitzte sein Ohr noch einmal und hielt es so nahe wie möglich an die Tür, ohne diese zu berühren. Er hörte Pfiffe, Trommeln, dann bekannte Fangesänge und schliesslich die sonore Stimme eines Kommentators.

«Da drin läuft der Fernseher», flüsterte Fredi. «Da drin läuft Gottéron gegen Lugano!»

Big Bad Boy hielt sein Ohr ebenfalls an die Tür, horchte einen Moment lang besorgt, dann begann er zu lächeln.

«Ein uralter Trick», erklärte er. «Die Leute gehen weg, schalten den Fernseher ein und fühlen sich in Sicherheit.»

Er nahm einen Schraubenzieher hervor und machte sich am Schloss zu schaffen. Nach einigen Handgriffen ging die Tür zur Überraschung von Big Bad Boy bereits auf. Dabei hatte er das Schloss noch gar nicht geknackt. Offenbar war die Tür also gar nicht verschlossen gewesen. Das nun fand er beunruhigender. Oder war dies etwa ein neuer dreister Trick, um Einbrecher abzuschrecken? Gar nicht erst abschliessen, um Anwesenheit vorzutäuschen?

Big Bad Boy machte die Tür wieder zu. «Wir müssen auf Nummer Sicher gehen. Komm, ruf ihn mal an. Wenn er rangeht, bist du falsch verbunden, klar?» Es ärgerte ihn, dass sein so durchdachter Plan schon so früh erste Risse bekam.

Fredi nahm sein Handy hervor und wählte die Nummer, die ihm Big Bad Boy hinhielt. Dann hörten sie das Telefon klingeln und warteten gespannt.

Nach dem zehnten Klingeln gab Big Bad Boy das Zeichen zum Abbruch und gleichzeitig zum Angriff. Jetzt musste es schnell gehen, Geld und Wertsachen einpacken und weiter. Es war zwanzig nach acht.

Leise traten sie durch den Gang, der mit einem langen Orientteppich belegt war. Aus dem hinteren Bereich der Wohnung hörten sie nun deutlich die Direktübertragung aus dem St. Léonard, und Fredi konnte nicht anders, als sich zuerst nach dem Zwischenresultat zu erkundigen. Big Bad Boy begann im Schlafzimmer mit der Arbeit.

Fredi sah sofort auf den Bildschirm der alten staubigen Kiste. Fünf Minuten gespielt. Spielstand null zu null. Dann sah er auf den braunen Sessel und den alten Mann, der darauf sass. In diesem Moment schoss Leandro Profico das erste Tor für die Tessiner. Fredi entfuhr ein Fluch, doch der alte Mann liess sich dadurch nicht aufwecken.

Als Big Bad Boy ebenfalls ins Wohnzimmer hastete, konnte er nicht glauben, welch Anblick sich ihm bot. Zwei Männer sassen gemütlich da und starrten auf den Fernseher, in dem die Viertelfinal-Partie Gottéron gegen Lugano lief. Der eine wirkte sehr aufmerksam, der andere blickte recht teilnahmslos drein.

Fredi hatte seinen Partner noch nie so sprachlos gesehen und half ihm etwas auf die Sprünge: «Der hier ist nicht am Match, wie du prophezeit hast.» Er zeigte auf den alten Mann. «Der ist tot.»

Big Bad Boy wurde noch bleicher, als er bereits war, stürzte auf die Toilette und übergab sich.

Fredi war etwas enttäuscht. Big Bad Boy hatte hier immer den Profi gespielt, und nun brachte ihn eine Leiche dermassen aus dem Konzept. Er wandte sich wieder dem Spiel zu, und als Jeannin leichtfertig eine Scheibe verlor, schlug er mit der Faust auf die Sessellehne.

Als Big Bad Boy zurückkam, schien er sich wieder etwas gesammelt zu haben. Seine Anweisungen jedenfalls zeugten von einem kühlen Kopf. «Fredi, wir müssen auf der Stelle verschwinden. Wir dürfen auf keinen Fall in diese Leichengeschichte hineingezogen werden. Hast du irgendetwas berührt?»

Fredi schüttelte den Kopf, blickte dann aber auf den Sessel, auf dem er immer noch sass.

«Alles sein lassen wie es war, wir haben noch genug heisse Eisen vor uns!» Dann hetzte er aus dem Wohnzimmer und Fredi blieb nichts anderes übrig, als das Spiel, mit der Gewissheit eines 0:1-Rückstandes, seinem Schicksal zu überlassen.

Er warf noch einmal einen Blick auf den Toten, da fiel ihm eine rote Karte ins Auge, die vor ihm auf dem Boden lag. Eine unbestimmte Neugierde trieb Fredi dazu, die Karte an sich zu nehmen, zusammenzufalten und in seine Gesässtasche zu stecken. Er hatte das Gefühl, dass die Karte etwas enthielt, das das Leben des alten Mannes gründlich verändert hatte.

Fredi ging durch die Reichengasse und hielt Ausschau nach seinem Partner, als er plötzlich ein aufgeregtes Zischen hörte. Nachdem er erfolglos in alle Richtungen gesehen hatte, entdeckte er Big Bad Boy endlich im St.-Niklaus-Gässchen, einem engen, dunklen Durchgang, der von den flankierenden Häusern fast verschluckt wurde.

Der Schrecken stand Big Bad Boy immer noch ins Gesicht geschrieben. Er zog an seiner Zigarette, als ob es um sein Leben ginge. Dann griff er mit zittriger Hand in seine Jackentasche und nahm fünfzig Franken hervor, die er Fredi zusteckte. «Hier», sagte er, «ich habe im Nachttischchen zwei Hunderternoten gefunden.»

«Du hast einen Toten ausgeraubt?», fragte Fredi. Er wusste aus Filmen, dass dies nicht sehr würdevoll war.

«Als ich ihn ausgeraubt habe, wusste ich ja noch gar nicht, dass er tot ist», verteidigte sich Big Bad Boy.

«Du hättest es ihm vorhin noch zurückgeben können.»

«Aber wir können die Kohle doch besser brauchen als er.»

«Das stimmt.» Fredi lächelte, wurde aber gleich wieder ernst. «Und wann gibst du mir die restlichen fünfzig Franken?»

«Wovon redest du?»

«Du hast doch selber gesagt, dass du zweihundert Mäuse gefunden hast. Wir machen fifty-fifty, sonst geh ich noch ins Stadion.»

«Hör zu, Fredi! Du hast dir gemütlich das Spiel angeschaut, während ich uns Geld erbeutet habe. So geht das nicht. Sei froh, dass ich dir überhaupt etwas abgebe! Komm, wir müssen weiter!»

In Tat und Wahrheit lagen nur hundert Franken im

Nachttisch des Verstorbenen. Big Bad Boys Lüge hatte pädagogische Gründe. Er wollte künftig nicht alles allein machen müssen. Fredi sollte sich schon auch ein bisschen anstrengen. Ob seine Massnahme nützte, bezweifelte er im Moment noch.

Das nächste Ziel lag im zweiten Stock jenes Gebäudes, in dem sich das Nähmaschinenmuseum befindet. Big Bad Boy war ziemlich eingeschüchtert durch die Sache mit dem Toten. Er hatte im Leben schon vieles gesehen, aber mit dem Tod hatte er bisher keinerlei Erfahrungen gemacht. Nicht nur, weil er selber noch lebte, sondern auch, weil noch nie eine Person aus seinem Umfeld gestorben war. Dies wiederum lag vor allem daran, dass er eigentlich gar kein Umfeld besass. Big Bad Boy war ein Einzelgänger, wie er im Buche steht. Fredi hingegen sah es von der guten Seite. Es war ihm beim Einbrechen lieber, einen Toten als einen Lebenden anzutreffen. Und noch etwas stimmte ihn zuversichtlich. Der Alte war ja nur zu Hause, weil er tot war. Hätte er noch gelebt, wäre auch er ins St. Léonard gepilgert, um sich das Spiel anzusehen. Doch tot oder am Match – im Grunde spielte dies keine Rolle.

Ein Klingelschild mit dem handgeschriebenen Namen Inga Vonlanthen prangte neben der Tür. Auf dem Fussabtreter stand warnend «Gott sieht alles – mein Nachbar noch mehr», und daneben lag ein Paar recht dreckige halbhohe Schuhe. Nicht gerade die feine Art, befand Fredi, wo doch Big Bad Boy von einem Adelsprössling gesprochen hatte.

Big Bad Boy war dieses Mal um einiges vorsichtiger. Zuerst horchte auch er an der Tür, und vernahm keinen Ton. Dann drückte er ganz langsam die Klinke nach unten und gab etwas Druck gegen die Tür, die aber diesmal nicht nachgab. Sie war verschlossen, also war mit ziemlicher Sicherheit niemand zu Hause. Er nahm wieder seinen Schraubenzieher hervor, musste aber nach einigen Handgriffen erkennen, dass es viel schwieriger war, eine verriegelte Tür zu knacken als eine unverriegelte.

Drei Minuten später – Fredi hatte sich bereits gelangweilt auf die Treppe gesetzt – trat Big Bad Boy zur Seite und kapitulierte. Fredi sah sich die alte Tür kritisch an. Überall bröckelte der weisse Lack ab. Sie sah ziemlich dünn und widerstandslos aus. Und das Schloss machte auch nicht den Eindruck, im letzten halben Jahrhundert einmal ausgewechselt worden zu sein. Fredi nickte, stand auf und stemmte sich nach zwei Schritten Anlauf gegen die Tür – und schon lag er auf dem Parkettboden im Inneren der Wohnung.

Big Bad Boy hatte ihm mit Staunen zugesehen. Einen Augenblick sorgte er sich über den Lärm, der das Einschlagen der Tür verursacht hatte. Dann aber war er zum ersten Mal zufrieden, das Projekt nicht allein durchgeführt zu haben.

Diesmal nahm sich Fredi des Schlafzimmers an, während Big Bad Boy im Wohnzimmer nach geeigneter Beute suchte.

Es roch gut. Das Schlafzimmer machte einen sauberen, gepflegten Eindruck, und dies, obwohl unangekündigter Besuch kam. Die Grösse des Betts bestätigte die These, dass die Frau allein hier wohnte. Fredi war im ersten Augenblick etwas überfordert, es fehlte ihm bei Einbrüchen eindeutig an Routine. Dann öffnete er leise den Kleiderschrank, wo er, darüber wenig erstaunt, viele Kleider vorfand. Wonach suchten sie eigentlich? Fredi schätzte, vor allem nach Geld. Oder nach anderen Gegenständen, die klein genug waren, um sie mitgehen zu lassen, und die gleichzeitig einen gewissen Wert besassen. Die mehrheitlich schwarzen Hosen, Oberteile, Pullover oder Socken gehörten kaum in diese Kategorie. Die überraschenderweise ziemlich farbenfrohe Sammlung von Unterwäsche erregte Fredi kurz, doch nüchtern betrachtet würde auch sie ihn im Leben nicht weiterbringen. Ausserdem entdeckte er in der Ecke einen kleinen Fernseher.

Er hörte, dass Big Bad Boy derzeit beschäftigt war. Er schnappte sich die Fernbedienung, drückte auf die 1, um das Gerät einzuschalten und dann sofort auf das Minuszeichen, damit sein Partner nichts hören konnte. Dann wählte er den zweiten Kanal, auf dem normalerweise die Sportübertragungen ausgestrahlt wurden.

Drittelspause. Immer noch 0:1 hinten. Fredi seufzte leise. Zumindest spielten sie im Moment nicht, und er konnte den Fernseher ruhig wieder ausschalten.

Dann überlegte er, ob es sich lohnte, den Fernseher zu beschlagnahmen, und kam zum Schluss, dass dem nicht so war. Wer würde heute noch Geld für einen Fernseher in Würfelform ausgeben? Bei diesem Gerät musste man froh sein, es ohne Entsorgungsgebühr loswerden zu können.

Auch das Nachttischchen gab dieses Mal nichts her. Auf der Ablagefläche eine rote Lampe, Papiernastücher mit Eukalyptus-Aroma, ein Handy-Aufladegerät und ein eingerahmtes Giger-Bild, in der Schublade ein Buch mit dem Titel «Heavy Metal Studies».

Big Bad Boy musste schon bald einmal ernüchtert feststellen, dass man wohl auch hier nicht den erhofften Coup landen würde. Die Frau war alles andere als wohlhabend, ihr Haushalt war bloss mit dem Nötigsten ausgestattet. Im Wohnzimmer ein grosses Gemälde von einem Eishockeyspieler mit Totenkopf und Krone. Ein kleines schwarzes Tischchen, auf dem eine aufgeschlagene Ausgabe der Freiburger Nachrichten lag, wo Frau Vonlanthen offenbar an Bissigs Sudoku gescheitert war. CDs – The Devil's Blood, Emerald, Grand Magus, The G's, Saint Vitus, The Fagants, Amorphis – nicht einmal hier mochte Big Bad Boy zugreifen, der sich musikalisch gesehen eher im Globull als im Z7 zu Hause fühlte. Neben dem hohen Fenster ein ansehnlicher Flachbildfernseher, der sich ohne Lieferwagen aber kaum nach Hause bewegen liess. Big Bad Boy machte sich erste Selbstvorwürfe. Vielleicht hätte er den Transport besser organisieren müssen, um auch grössere Objekte mitnehmen zu können. Andererseits war er ja gerade aufs Kleine aus, aufs Geld, und nicht auf Waren, die man dann mühsam noch in Geld eintauschen musste. Aber offenbar hatten die Leute trotz der vielen Skandale und Eskapaden immer noch Vertrauen in ihre Bank.

Fredi kam in die Küche, wo man anhand des Geruchs rekonstruieren konnte, dass sich die Frau vor dem

Besuch des Eishockeyspiels ein Currygericht zubereitet hatte. Die verwendeten Gläser und die Flasche auf dem Tisch erlaubten ausserdem den Schluss, dass sie dazu ein Glas Wasser, danach einen Kaffee und einen Schluck Brandy getrunken hatte. Die unbekannte Frau begann Fredi zu gefallen. Allerdings bestand seine Aufgabe eigentlich nicht darin, etwas über Frau Vonlanthen herauszufinden. Er war ja kein Polizist, im Gegenteil.

Endlich schien Fredi auch ein erster einbrecherischer Erfolg zu gelingen. Auf dem Küchentisch lag neben einem halben Laib Brot ein kleiner Laptop. Fredi liess ihn rasch in seinem Rucksack verschwinden. Big Bad Boy musste ja nicht gleich etwas davon erfahren. Der hatte ihm ja vorhin auch fünfzig Franken unterschlagen.

An der Wand sah er ein ziemlich krankes Bild, wiederum von Giger. Fredi fuhr mit dem Finger kurz über die Pistole, in der sich lebendige Kugeln befanden, und stellte fest, dass es sich nicht um ein Original handelte. Er warf einen Blick in den Backofen, da er einmal von einem Mann gehört hatte, der sein ganzes Vermögen im Backofen hortete. Aber dieser hier war leer. Dann untersuchte er kurz den Kühlschrank, in dem er unter anderem einige Cervelats, ein Glas Maiskölbchen, einen Becher Kilbisenf und griechische Oliven sichtete. Desinteressiert wandte er sich ab, nahm die Flasche Brandy zur Hand und gönnte sich auf seine erste Entwendung hin einen kräftigen Schluck. Er spielte mit dem Gedanken, sich gleich die ganze Flasche anzueignen, fand ihn gut und führte ihn aus, doch dann schien ihm plötzlich, als habe er ein ausserplanmässiges Geräusch gehört.

Auf dem Pult im Büro stand ein eingerahmtes Foto, und Big Bad Boy stellte erstaunt fest, dass ihr Opfer um einiges jünger war als angenommen – wenn es sich denn bei der Schwarzhaarigen mit dem schönen Gesicht wirklich um Inga Vonlanthen handelte. Neben ihr stand ein muskulöser Kerl mit ziemlich bösem Blick, der den Arm beschützend um ihre Schultern gelegt hatte. Big Bad Boy hoffte, dass die Beziehung inzwischen zerbrochen war.

Beim Durchstöbern der Schublade lernte er das Opfer etwas besser kennen. Er erfuhr, dass sie als Tätowiererin arbeitete (er fand einen Stapel Flyer eines Tattoo-Studios, versehen mit ihrem Namen), dass sie Schweizerin war (er fand einen roten Pass), dass sie sich für dunkle Musik (er fand eine Rechnung für das Buch «Heavy Metal Studies») und Eishockey interessierte (er fand eine Ausgabe des Slapshot) – wobei, letzteres war ihm bereits vorher klar, sonst würde er sich momentan nicht in ihrem Büro aufhalten. Ausserdem erfuhr er, dass sie sparte, denn er stiess in einer weiteren Pultschublade auf ein Sparschwein, in dem es beim Schütteln ordentlich klingelte. Er packte das Schwein in seine Tasche, dann fiel sein Blick auf die Gitarre, die in der Ecke stand. Es war eine rote elektrische Gitarre, und Big Bad Boy überlegte sich widerwillig, wie viel ihm sein Kollege Bloodkiller wohl dafür bezahlen würde.

Plötzlich hörte er Schritte hinter sich, und als er sich erschrocken umdrehte, sah er in die furchterregende Grimasse eines hünenhaften Kerls. Big Bad Boy fackelte nicht lange, schnappte sich die Gitarre und schlug dem Eindringling mit voller Wucht gegen den Brustkorb.

Mit schmerzverzerrtem Gesicht lag er auf dem Rücken, beziehungsweise auf dem Parkettboden. Er hielt sich mit beiden Händen die Rippen, von denen nach dem Angriff mit der Gitarre mehr als eine gebrochen sein musste. Zum körperlichen Schmerz hinzu kam der seelische. Er konnte nicht fassen, was sich eben abgespielt hatte. Big Bad Boy hatte sich bereits entschuldigt, aber das verbesserte seine Lage nicht wesentlich.

Im Glauben, dass sich noch ein Dritter in der Wohnung befand, hatte sich der Dummkopf Fredi seine mitgebrachte Hockeymaske aufgesetzt. Es war schliesslich oberstes Gebot, nicht erkannt zu werden, ausserdem gab es einen Film, in dem sich ein Serienmörder jeweils hinter einer solchen Maske versteckt, und das hatte Fredi immer imponiert. Als sich Fredi dann leise ins Büro schlich, glaubte der Dummkopf Big Bad Boy, es handle sich um einen unerwünschten Eindringling, um Ingas Freund auf dem Foto, jedenfalls um einen Feind – und behandelte ihn auch als solchen.

«Bist du verrückt geworden?», ächzte Fredi.

«Bist du verrückt geworden?», entgegnete Big Bad Boy.

«Warum zum Teufel schlägst du mich halbtot?»

«Warum zum Teufel trägst du diese verdammte Maske?»

Es war ein Gespräch, das zu nichts führen konnte. Beide vermuteten inzwischen, dass sie sich etwas dumm verhalten hatten, und beide versuchten, sich immerhin als der weniger Dumme aus der Affäre zu ziehen.

Als Fredi mit Hilfe von Big Bad Boy endlich seinen Kopf aus der Hockeymaske ziehen konnte, hörten sie an der Tür: «Inga, alles in Ordnung?»

Natürlich hatte man sowohl Big Bad Boys Kampfschrei als auch Fredis Ausruf des Schmerzes im ganzen Haus gehört. Natürlich wunderte man sich über derartigen Lärm aus der Wohnung von Inga Vonlanthen, da man doch möglicherweise wusste, dass sie die Gottéron-Spiele im Stadion und nicht hier in der Wohnung verfolgte. Und offenbar gab es sogar Leute, die reagierten und nach der Sache sehen wollten.

«Ist alles in Ordnung?», wiederholte die Stimme, die zweifellos einem Mann gehörte, und nach einer kleinen Pause fügte dieselbe Stimme hinzu: «Soll ich reinkommen?»

Die beiden Einbrecher bewegten sich nicht mehr und sahen sich einen Moment lang entsetzt in die Augen. In was für eine miserable Lage sie sich gebracht hatten, und dies alles freiwillig.

Es war Big Bad Boy, der als erster wieder zu Verstand kam. «Versteck dich, schnell!», flüsterte er. Dann verliess er das Büro und liess Fredi mit seinen Schmerzen allein zurück.

Fredi rappelte sich hoch. Durch die Bewegung fühlte es sich so an, als ob sich eine Rippe durch sein Herz gebohrt hätte. Aber er biss auf die Zähne, denn er war einer, dem die Nutzlosigkeit des Jammerns bewusst war.

Wo sollte man sich denn hier verstecken? Unter

dem Tisch? Da konnte er sich ebenso gut an den Tisch setzen. Aber es gab sonst nichts. Er hörte Schritte im Gang. Fredi hoffte, dass es sich um jene von Big Bad Boy handelte. Allerdings waren sie recht laut für einen, der möglichst leise sein möchte. Aber seit dem Angriff mit der Gitarre traute er seinem Partner auch diesen Lapsus zu.

Er eilte hinter den Vorhang, und als er bemerkte, dass dieser fast durchsichtig war, sah er keine andere Lösung, als das Fenster zu öffnen. Wieder hörte er ein Geräusch aus der Wohnung. Er musste hier verschwinden. So war das jetzt halt. Bei Einbrüchen brauchte es Flexibilität. Dummerweise gab es hinter dem Fenster keinen Balkon. Aber immerhin bildete der Stein eine Stufe, die so schmal war, dass schwindelfreie Männer problemlos darauf balancieren konnten.

Fluchend ging Fridolin Burger mit grossen Schritten den Stalden hoch. Fluchte, weil er das erste Drittel verpasst hatte, weil Gottéron scheint's wieder hinten lag, und wo er schon dabei war, fluchte er auch über den mühsamen Stalden, den er hochgehen musste. Es war manchmal hart, als Unterstädtler die Stammbeiz oben im Burgquartier zu haben. Vielleicht musste er diesbezüglich einmal über die Bücher gehen, aber das sagt sich so leicht. Stammbeizen wachsen einem mindestens so stark ans Herz wie Ehefrauen.

Er passierte die Reichengasse oder die Grand Rue, wie sie die Welschen und viele Deutsche nannten. Da kein Auto in Sicht war, ging Fridolin mitten auf der Strasse. Er hatte keine Zeit, den Umweg über das Trottoir zu nehmen. Kein Wunder, fährt hier im Moment niemand herum, dachte sich Fridolin. Jeder Freiburger, der etwas auf sich hält, irrt während eines Playoff-Spiels von Gottéron auch nicht in der Reichengasse herum. Er hoffte, von keinem Bekannten erblickt zu werden. Klar, es wäre dann nur einer gewesen, der sich das Spiel auch nicht anschaute, aber es ging um seinen Ruf.

Plötzlich aber blieb Fridolin trotz aller Eile abrupt stehen. Er schüttelte den Kopf, aber das Bild blieb. Da oben, zu seiner Rechten, stand wie immer Petrus Canisius, in andächtiger Pose, erstarrt zu Stein. Daneben aber, etwas weniger anmutig als die Statue – das war doch Eggers Fredi! Ein etwas dümmlicher, einfältiger Kerl aus dem Schönberg.

«Fredi … was machst du da oben?», fragte er verwirrt.

Fredi zuckte mit den Schultern. «Und du? Nicht am Hockeyschauen?», sagte er leise.

Fridolin begann wieder zu fluchen. «Ich wurde bei einem Aperitif versäumt. Ich gehe jetzt ins Tilleul.»

«Ich komme nachher auch», sagte Fredi, nur, um irgendetwas zu sagen, aber schon Sekunden später war ihm klar, dass ein Besuch im Tilleul wohl tatsächlich das Beste wäre.

Während Fredi noch eine Weile neben Petrus Canisius ausharrte, kombinierte er blitzschnell. Diese Inga würde den Diebstahl der Polizei melden. Die Polizei würde in der Zeitung nach Zeugen suchen. Und diese Zeitung würde auch ein gewisser Fridolin Burger lesen, und es war nicht auszuschliessen, dass jener imstande war, die Ereignisse miteinander in Verbindung zu bringen. Fredi musste also handeln. Er hatte in seinem Leben bereits genug mit der Polizei zu tun gehabt.

Die Wohnung war inzwischen leer. Weder ein Nachbar noch Big Bad Boy waren irgendwo aufzufinden. Was für ein Partner. Fredi betrachtete die Zusammenarbeit damit als beendet, die als nicht besonders ergiebige in seine Biografie eingehen würde. Er dachte wieder kurz nach, dann ging er ins Büro, um seine Hockeymaske zu holen. Auf dem Pult entdeckte er ein schönes Bild. Shawn Heins mit ziemlich bösem Blick, in seinem Arm eine schöne Schwarzhaarige – die ihm die Sprache verschlug.

Entsetzt wie kaum zuvor in seinem Leben eilte er in die Küche, packte den Laptop aus und legte ihn wieder genau an seinen Platz, packte den Brandy aus und stellte ihn wieder auf die Küchenablage, nicht jedoch, ohne sich zuvor noch mit zwei, drei Schlucken zu beruhigen.

Fredi betrat das Tilleul, wo sein erstes Interesse dem aufgehängten Fernseher galt. Das zweite Drittel war schon im Gang, und das eingeblendete Resultat mutete Fredi wie ein kleines Schnuppern am Paradies an. Es stand 3:1 – das Spiel hatte sich innerhalb fünf Minuten zum Guten gewendet.

Er war aber hauptsächlich eines anderen Problems wegen ins Tilleul gekommen. Er entdeckte es an der Bar.

So viel Fredi wusste, hiess er Fridolin Burger, ein etwas dümmlicher, einfältiger Kerl aus der Unterstadt. Fredi hatte keine Wahl, er musste mit ihm verhandeln. Meistens scherte er sich einen Dreck um den kommenden Tag, aber in Extremsituationen konnte Fredi auch ganz zukunftsorientiert denken. Er gesellte sich zu Fridolin.

«Unglaublich!», strahlte Fridolin. «Jeannin, Dubé, Gamache – und schon sind wir vorne!»

«Geil», sagte Fredi. Es fiel ihm schwer, sich nun nicht ganz dem Eishockey hinzugeben, deshalb wollte er das Geschäftliche so schnell wie möglich hinter sich bringen. «Hör zu, Fridolin», begann Fredi.

Fridolin nickte gereizt. Er hatte überhaupt keine Lust, diesem Clochard zuzuhören. Er wollte sich jetzt endlich in Ruhe das Spiel ansehen.

«Du hast mich ja vorhin gesehen», fuhr Fredi fort. «Ich habe ein bisschen Mist gebaut.»

«Das kann ich mir denken», sagte Fridolin dazu. Er interessierte sich aber wirklich nicht näher für diese Geschichte, denn eben setzte sich Pavel Rosa gefährlich im rechten Anspielkreis durch, Schuss aus dem Handgelenk –

Tor!

Fredi und Fridolin klatschten sich jubelnd in die Hände. In diesem Augenblick waren die beiden nichts anderes als Anhänger desselben Eishockeyclubs, also Freunde.

Das Anliegen Fredis musste warten und sogar noch weiter verschoben werden, denn eine Minute nach dem 4:1 lancierte Jeannin Hasani, der Benjamin Conz eiskalt zum 5:1 bezwang. Im Freudentaumel bestellte Fridolin eine Stange für Fredi, wogegen dieser nicht protestierte.

Die beiden stiessen an, Fredi bedankte sich sicherheitshalber schon einmal, um Fridolin in Erinnerung zu rufen, wer bestellt hatte und bezahlen würde. Danach eröffnete er, dass er möglicherweise in Schwierigkeiten geraten könnte, sollte der Vorfall, den Fridolin eben beobachtet hatte, irgendwie publik werden. Mit anderen Worten, er bitte ihn darum, die Geschichte für sich zu behalten, und nur für sich.

Ach so war das – Fridolin wurde hellhörig. Offenbar war der Kerl nicht zum Beten zu Petrus Canisius hochgestiegen, sondern war gerade umgekehrt in irgendein krummes Geschäft verwickelt.

«Fredi, ich kenne deine Machenschaften», pokerte Fridolin deshalb, «und ich habe nicht im Sinn, dich dabei zu unterstützen.»

Das hörte sich überhaupt nicht so an, wie es sich Fredi vorgestellt hatte. Er runzelte die Stirn und dachte an die Fünfzigernote, die er heute ergattert hatte. «Hör zu, Fridolin», sagte er wieder, «ich bin bereit, dir ein kleines Kopfgeld zu bezahlen.»

«Ein Kopfgeld?» Fridolin erschrak.

«Nicht ein Kopfgeld. Wie sagt man schon … ein Schweigegeld.»

«Ach so. Du willst mich bestechen?» Fridolin blickte mit prüfendem Blick über den Rand seiner Brille.

Schweigegeld, bestechen – das war nicht das Vokabular, das Fredi verwenden wollte. Aber jetzt, wo die Worte einmal gefallen waren, gab es nichts mehr schönzureden, denn es stimmte ja im Prinzip. Kaum merklich nickte er und schlug vor: «Ich übernehme diese Runde – und dann noch eine. Und unsere Begegnung in der Reichengasse hat nie stattgefunden. D'accord?»

Fridolin nahm genüsslich einen Schluck Bier. Seine Lage gefiel ihm. Er hatte Oberhand. Da hatte es sich sogar noch gelohnt, das erste Drittel zu verpassen. Manchmal kommt das Glück als Unglück verkleidet daher. «Mein Schweigen ist dir also zwei Runden Bier wert», stellte er fest. «Vier Biere, von denen du dann selber zwei trinkst.» Er schüttelte den Kopf. «Ich hätte da eine andere Idee.»

«Also, sag sie», forderte ihn Fredi mürrisch auf. Seine Lage gefiel ihm gar nicht. Er war eindeutig im Nachteil und musste sich von diesem Spiesser die Regeln diktieren lassen.

«Ich lasse mir hier im Tilleul immer anschreiben. Du begleichst heute Abend meine Schulden und wir sind quitt», schlug Fridolin vor.

«Und wie viele Schulden hast du?»

«Keine Ahnung.»

Fredi wusste nicht, was er von dem Vorschlag halten sollte. Fridolins Schulden konnten sich irgendwo zwischen einem Trink- und einem Sündengeld bewegen.

Fridolin war einverstanden, dass man die Serviertochter zuerst fragte, auf welchen Betrag sich seine Rückstände derzeit beliefen. Daraufhin nahm diese ein Glas mit der Aufschrift F zur Hand, leerte die Kassenzettel aus und begann zu rechnen. Das dauerte eine Zeitlang.

«46 Franken 85», teilte sie schliesslich mit.

Das war natürlich kein Trinkgeld. Aber immerhin nicht mehr, als Fredi derzeit in seinem Portemonnaie trug. Er willigte ein, doch mit der kurzen Freundschaft zu Fridolin, die nach dem vierten Tor auflöderte, war es natürlich aus.

Julien Sprunger erhöhte mit einem satten Schuss auf 6:1. Überall grenzenloser Jubel. Was für ein zweites Drittel! Das war der erste Heimsieg in diesen Playoffs, das war die Tür zum Halbfinal! Zum ersten Mal in der langen Liebesgeschichte zwischen dem Tilleul und Fridolin sprang dieser auf und verkündete, dass er allen Gästen noch ein Bier spendiere.

Fredi lachte kurz auf, dann verstand er. Jetzt musste Big Bad Boy her. Er nahm das Handy hervor und sah, dass siebzehn unbeantwortete Anrufe eingegangen waren.

Lange hielt es Big Bad Boy hier nicht mehr aus. Er konnte sich nicht zurückerinnern, sich so lange nicht bewegt zu haben, allenfalls im Schlaf vielleicht. Ausserdem war es dunkel. Und seit einer Weile auch ruhig. Fredi, dieser verdammte Schafsack, hatte sich wohl einfach davon gemacht, liess ihn hängen wie einen faulen Apfel. Bestimmt war das Spiel schon bald vorbei, und reich war er immer noch nicht. Doch inzwischen wäre er schon froh gewesen, einfach unversehrt aus der Sache rauszukommen. Im Moment sah es nicht danach aus. Es war zum Verzweifeln.

Dann ein Anruf.

Big Bad Boy schlug sich zuerst den Ellbogen, dann das Knie an, bevor er das Handy aus seiner Hosentasche befreien konnte.

Es war Fredi. Wahrscheinlich hatte ihn das schlechte Gewissen geplagt.

«Wo bist du, du feige Sau?», begrüsste ihn Big Bad Boy.

«Niemand ...»

«Komm und hol mich hier raus!»
«Rausholen? Wo?»
«Aus der Wohnung. In der Reichengasse!»
«Die Wohnung ist doch offen.»
«Ich bin im Schrank!»

Man hatte nicht nur auf der ganzen Linie versagt, die Einbruchstour, der Streifzug, der Coup, oder wie sie ihren Plan im Vornherein sonst noch betitelt hatten, nahm immer blamablere Züge an. Allmählich übertrieb es das Schicksal mit ihnen. Offenbar reichte es ihm nicht, sie nur scheitern zu lassen, es wollte sie verhöhnen, ihnen die Hosen runterziehen, um dann in schallendes Gelächter ausbrechen zu können.

Fredi konnte mit Fridolin aushandeln, dass er bis spätestens morgen Mittag sämtliche offene Rechnungen begleichen würde. Dann machte er sich wieder auf den Weg zu seiner Angebeteten.

Geistesgegenwärtig räumte Fredi noch rasch ein bisschen die Wohnung auf, bevor er sich an die Befreiung von Big Bad Boy machte. Er versuchte, die Spuren ihres Einbruchs so gut wie möglich zu verwischen. Am meisten Arbeit gab es im Büro.

«Big Bad Boy?», flüsterte er dann.

Sofort antwortete ihm ein aufgeregtes Klopfen aus dem Kleiderschrank.

Die Tür klemmte wirklich. Als Fredi sie endlich öffnen konnte, sprang Big Bad Boy mit einem flotten Satz heraus. Der Aufenthalt im Schrank hatte ihm sichtlich zugesetzt. Er wirkte verstört, zappelte durch das Zimmer, sämtliche Glieder zuckten.

Fredi holte die Flasche Brandy und verabreichte ihm einen Schluck, das beruhigte ihn wieder etwas. Dann wollte Big Bad Boy wissen, wann das Spiel zu Ende sei. Fredi antwortete ihm, dass es noch ein Drittel dauere.

«Ein ganzes Drittel?», fragte er kämpferisch. Sofort nahm er seinen Plan mit den Einbruchszielen hervor.

Zwischenzeitlich hatten sie beide nicht an eine Fortsetzung ihres Projekts gedacht. Jeder hatte es im Kopf für sich schon begraben, wenn auch aus etwas unterschiedlichen Gründen. Aber bekanntlich ist ein Drache dann am stärksten, wenn er angeschlagen ist. Und angeschlagen, das waren auch Fredi und Big Bad Boy. Selbst oder gerade Ganoven besitzen einen Stolz, den sie nicht gerne erschüttert sehen.

Natürlich musste die ursprünglich vorgesehene Route etwas verkürzt werden. Für das volle Programm reichte die Zeit nicht aus, denn mittlerweile musste auch das dritte Drittel begonnen haben. Die Sitzplatzabonnenten in der Pierre-Aeby-Gasse und in der Alpengasse hatten also Glück und kamen ungeschoren davon.

Wie Phoenix aus der Asche marschierten Fredi und Big Bad Boy zielstrebig über die Zähringerbrücke. Fredi hatte sich eine Zigarre angezündet, eher aus rituellen Gründen denn aus Verlangen. Manchmal genügte ein kleines Ritual, eine kleine Geste, und entwickelte sich zur Initialzündung für grosse Taten. Das war bei Diebstählen nicht anders als bei Eishockeyspielen.

Tatsächlich fühlten sie sich plötzlich, und womöglich zum ersten Mal an diesem Abend, grossartig und stark. Nichts und niemand konnte sie aufhalten. Sollte der Abend einmal verfilmt werden, philosophierte Fredi, dann würde die Kamera jetzt hochfahren, die Zähringerbrücke aus der Vogelperspektive zeigen, im Hintergrund die dunkle Kathedrale und die mächtige Felswand im Dämmerlicht, auf der Brücke zwei zu allem entschlossene Männer, dazu eine Hardrock-Hymne.

Als krönenden Abschluss hatte Big Bad Boy den Einbruch in eine ansehnliche Villa geplant, die sich etwas oberhalb des Restaurants Grand Pont an stolzer Lage befand. Wer da wohnt, hat Geld wie Heu, so lautete Big Bad Boys einfache Formel.

Die beiden stiegen die Treppen hoch und erreichten bald ihr Zielobjekt, dessen Grundstück von einem schmucken Gartenzaun umgeben war. Beim Sprung über jenen Zaun zuckte es Fredi wieder in der Brust, aber jetzt war nicht der richtige Zeitpunkt, um sich den Schmerzen zu widmen.

Es war eine eindrückliche Villa. Sie musste in der Blütezeit der Freiburger Aristokratie erbaut worden sein, schätzte Big Bad Boy. Der Garten war gepflegt, wahrscheinlich leistete sich der Hausherr einen Bediensteten. Vor dem Haus stand ein BMW, wohl der Zweitwagen, denn Roland Rothmeier, wie der Mann hiess, hatte sich bestimmt nicht zu Fuss ins St. Léonard begeben. Und wie vorhergesehen brannte nirgends Licht.

Fredi sah auf die Uhr und teilte Big Bad Boy mit, dass das Spiel, je nach Häufigkeit der Unterbrüche, in fünfzehn Minuten zu Ende sein könnte. Und erfahrungsgemäss würden sich gewisse Damen und Herren auf den Sitzplätzen bei klarem Resultat bereits vor Spielende aus dem Staub machen, was Fredi immer besonders respektlos fand.

Sie gingen um das Gebäude herum, Big Bad Boy zertrat aus Unvorsichtigkeit ein paar Rosen, Fredi warf seine Zigarre, deren Glut sich den Fingern gefährlich genähert hatte, auf das Grundstück des Nachbarn hinüber. Sie erwogen, an der hinteren Hausmauer eine Scheibe einzuschlagen, die einen dünnen und zerbrechlichen Eindruck machte. Doch zögerten sie. Der Abend hatte sie gelehrt, nichts zu überhasten.

Sie schlichen weiter und kamen schliesslich zur Eingangstür. Der Briefkasten daneben war schlicht und stilvoll mit Rothmeier angeschrieben. Big Bad Boy zeigte sich einmal mehr als der geborene Langfinger, öffnete die Klappe des Briefkastens und zog das neue Mitteilungsblatt des Saanebezirkes heraus. Enttäuscht wollte er es schon wieder zurückschieben, dann sah er, dass der Kasten noch ein Papier enthielt. Er befreite auch dieses und zeigte es Fredi, der sofort zu lächeln begann.

Es war ein Billett für das sechste Playoff-Spiel in Lugano, das am kommenden Dienstag stattfand. Am Billett klebte ein gelber Zettel mit den Worten: «Bin leider verhindert. Viel Spass! Gruss, Urs».

«Vielleicht können wir noch ein zweites Billett auftreiben», sagte Fredi. «Ein Billett für dich.»

«Ich brauche kein Billett», sagte Big Bad Boy knapp.

«Gut, dann nehm ich's», meinte Fredi, «aber ich bezahl dir keinen Anteil davon.»

«Ich brauche kein Billett», wiederholte Big Bad Boy, «und du auch nicht.» Er blickte abwesend hinüber zur Stadt, deren Lichter in der Dunkelheit schimmerten. «Roland Rothmeier braucht das Billett. Roland Rothmeier fährt am Dienstag ins Tessin, und wir, Fredi, wir räumen hier gemütlich die ganze Bude leer!»

Sie brachen für heute einstimmig ihre Zelte ab. Fredi wollte Big Bad Boy noch dazu überreden, in die Fan's Bar zu gehen, um den Gottéron-Sieg zu feiern, von dem er nur noch nicht wusste, wie hoch er schliesslich ausfallen würde. Doch Big Bad Boy war dafür nicht zu begeistern. Er schlug das La Chope im Schönberg vor, und Fredi willigte ein, mitzugehen. Schliesslich würde es nun, wie es aussah, noch zu einer weiteren Zusammenarbeit zwischen ihm und Big Bad Boy kommen, und es schadete nicht, im Hinblick dessen etwas für den Teamgeist zu tun. Eishockey war einfach die beste Lebensschule, das konnte Fredi immer wieder beobachten.

Mit der Idee, das zweite Playoff-Spiel in Folge zu verpassen, musste er sich allerdings zuerst noch anfreunden. Auswärtsspiele im Tessin besuchte er zwar normalerweise nicht, aber in irgendeiner Beiz verfolgte er die Spiele für gewöhnlich schon. Tröstlich war für ihn der Gedanke, dass man den Fernseher auch in der Villa einschalten konnte. Man würde mehrere Stunden Zeit haben, so viel Zeit, dass man neben der Dieberei ruhig auch einmal einen Blick aufs Eisfeld werfen konnte.

Das steinerne Antlitz von Platon hing an der Wand. Am Tisch darunter sassen zwei Männer, die bis jetzt noch nicht in die Geistesgeschichte eingehen würden. Sie stiessen mit einem Canette auf den zusammenfassend doch katastrophalen Abend an. Etwas weniger katastrophal für Fredi zwar, denn eben liefen die letzten Sekunden im Stadion, und man lag uneinholbar mit 6:2 in Front. Umso untröstlicher war Big Bad Boy, der sich aufgrund seines Desinteresses an Eishockey gerade an nichts, ausser am Griff seines Canettes festhalten konnte.

«Warum eigentlich?», fragte Fredi.

«Was warum?»

«Warum interessierst du dich nicht für Eishockey?»

Big Bad Boy starrte in sein Bier, kratzte sich an der Stirn, dann begann er mit seiner Geschichte: «Es war 1992. Ich war noch in der Lehre, hatte kein eigenes Auto. Ich fuhr also mit dem Firmenbus an ein Spiel nach Zürich, wo damals noch der grosse Wladimir Krutov spielte.»

Fredi staunte, dass Big Bad Boy offenbar doch nicht gerade keine Ahnung von Eishockey hatte. Er fragte sich aber, warum er Krutov und nicht die Gottéron-Russen erwähnte.

«Der Chef wusste davon nichts, und er hätte es auch nie erfahren, wenn mir nicht ein paar Idioten die Motorhaube mit Steinen poliert hätten. Das Kennzeichen hatte mich verraten. Als ich den Bus tags darauf zurückbrachte, konnte ich meine Sachen auf der Stelle packen. Ja, und dann bin ich auf die schiefe Bahn geraten. Es war der Anfang meines Ruins.» Er machte ein ernstes Gesicht, die Wut und die Trauer von damals schienen wieder hochzukommen.

«Aber hör mal, Big Boy, dass du Chefs Lieferwagen fährst, dafür kann doch das Eishockey nichts», wandte Fredi ein.

«Und doch sähe mein Leben ohne diesen Scheissmatch sicher ganz anders aus. Vielleicht hätte ich jetzt ein Haus, eine Frau, sogar einen BMW, wer weiss?» Er blickte sehnsüchtig aus dem Fenster.

«Bei mir ist es gerade umgekehrt», erklärte Fredi. «Ich verdanke dem Eishockey vieles. Ohne Gottéron wäre ich wohl auch auf die schiefe Bahn geraten.»

Als sich Fredi und Big Bad Boy verabschiedeten, hatte jeder vom anderen die Meinung, dass er eigentlich ganz in Ordnung war. Einzig, als es darum gegangen war, die Schweigegeldsumme für Fridolin Burger zusammenzubringen, gab es noch etwas Misstrauen, denn Fredi fand es seltsam, dass Big Bad Boy ihm eine Fünfzigernote geben konnte, da er doch laut eigenen Aussagen zwei Hunderternoten gestohlen hatte. Den Fünfziger habe er schon vorher besessen, behauptete Big Bad Boy. Er gab Fredi schliesslich noch weitere hundert mit, unter der Bedingung, das Rückgeld wieder zu erhalten. So gaben sich beide zufrieden.

In der ganzen Unglücksserie etwas untergegangen war das Sparschwein, das Big Bad Boy bei Inga Vonlanthen ergattert hatte. Es passte allerdings zum Abend, dass das Schwein ausschliesslich Fünffrappenstücke enthielt, und von denen nicht einmal besonders viele. Fünf Türme davon reichten allerdings, um die Rechnung im La Chope zu begleichen.

Auf dem Nachhauseweg machte Fredi dann noch

eine schaurige Entdeckung. Nur wenige Meter vor seinem Wohnblock stand ein schwarzer Audi TT mit Freiburger Kennzeichen, und gleich neben den Buchstaben FR klebte ein SCB-Sticker.

Das war nun wirklich der Gipfel. Solche Sachen verwandelten den friedlichen Bürger Fredi Egger in einen zornigen Leichtfuss. Man stelle sich einmal vor, dieser Audi fahre durch Bern und werde von einer Horde SCB-Fans gesichtet. Dieser Audi beschämte Fredi und die ganze heilige Gottéron-Kirche zutiefst.

Da er keinen Stein fand, öffnete er den Reissverschluss und schüttete die ganze im La Chope getrunkene Menge Bier über die Motorhaube.

Sonntag, 11. März 2012

11:15: Fredis Wecker läutete.
11:22: Fredi rief Inga an.
11:31: Fredi ging mit Inga spazieren.
11:37: Inga lud Fredi auf ein Getränk ein.
11:43: Fredi hörte den Wecker.
11:44: Fredi stand auf.
11:48: Fredi sprang auf den Bus auf.
11:49: Fredi zog seine Jacke an.
11:50: Fredi zählte sein Geld nach.
11:52: Fredi stieg aus dem Bus.
11:54: Fredi betrat das Tilleul.
11:56: Fredi erhielt Fridolins Rechnung …
11:57: … und bezahlte sie.
142.25: Hundertzweiundvierzig Franken fünfundzwanzig.
Mistkerl.
Eine Zahl, die es sofort zu vergessen galt.
7.75 besass er noch. Das reichte für ein Canette. Oder für zwei Stangen. Fredi rechnete. 0,5 Liter oder 0,66 Liter. Dann bestellte er eine Stange.

Nachmittag. Ron «Ronny» Rappo marschierte an seinem dienstfreien Tag durch die Reichengasse, in deren Mitte er ein Gebäude betrat und die Treppen hochstieg. An der Tür einer Wohnung im dritten Stock klingelte er und wartete. Er klingelte noch einmal, es kam durchaus vor, dass das nötig war. Wieder wartete er vergeblich, hörte dann aber, dass der Fernseher lief. Da ihm niemand öffnete, nahm er sich die Freiheit, sich selber zu öffnen. Die Tür war nicht verschlossen.

Es stank bestialisch.

Ron Rappo kam in die Wohnstube und traf seinen Grossvater so vor dem Fernseher an, wie er ihn auch bei all seinen letzten Besuchen angetroffen hatte.

Christian Levrat ersetzte im Ständerat den in den Bundesrat transferierten Alain Berset. Das Schweizer Volk wollte keine Buchpreisbindung und keine zusätzliche Woche Ferien. Das eine war Fredi egal, denn welcher vernünftige Mensch vergeudet sein Leben schon damit, ein Buch zu lesen? Er hatte noch nicht einmal das Manuskript gelesen, das ihm letztes Jahr ein junger Kerl überreichte, mit dem Versprechen, dass es sämtliche Geheimnisse für den Erfolg von Gottéron enthalte. Über die andere Entscheidung aber schüttelte er den Kopf. Da wollte man den Leuten eine Woche frei geben, und die weigerten sich stur. Er hätte zwar auch dagegen gestimmt, weil es ihm mit seinen zweiundfünfzig Wochen Ferien nichts gebracht hätte. Aber die Leute, die es betraf, waren doch ganz eindeutig in der Mehrheit.

Im Grunde aber war ihm die Politik egal. Verträge, Beschlüsse, Gesetze – das war etwas für Spiesser wie Fridolin Burger. Er selber interessierte sich nicht für Entscheidungen, die in eleganten Anzügen auf teuren Stühlen mit wenig Verstand zu hohen Löhnen vor bezahlten Mittagessen getroffen wurden. Fredi machte sich seine eigene Politik. Er war sein eigener Bundesrat, sein eigener Richter, sein eigenes Volk. An manchen Tagen klappte dies ganz gut.

Die beste Politik nützte aber nichts, wenn es um Frauen ging. Manchmal war das Leben verrückt. Da hatte er eine junge hinreissende Frau kennengelernt, sie dann aus guten Gründen einfach sitzengelassen, ohne überhaupt ihren Namen zu kennen, und am Tag darauf landete er in ihrer Wohnung, um sie auszurauben. Wie die Geschichte weitergehen sollte, wusste er noch nicht. Aber zumindest wusste er jetzt, wer sie war und wo sie wohnte. In gewisser Hinsicht war das Projekt mit Big Bad Boy für Fredi ein voller Erfolg gewesen. Kurz darauf klingelte es und ebendieser Big Bad Boy stand vor der Tür.

Das Verhältnis zwischen Ron und Arnold Rappo hatte sich vor einigen Jahren abrupt verschlechtert. Genauer gesagt an jenem Tag, an dem Ronny seinem Grossvater eröffnete, er wolle Polizist werden.

«Mein einziger Enkel wird ein Schmierlappe?», hatte er erzürnt gefragt. Früher habe man Probleme noch selber gelöst, heute renne jeder gleich zur Polente, hatte er gepoltert. Und nur eines habe sich nicht geändert, nämlich dass der Schmierlappe am Ende immer der Idiot sei.

Von da an erhielt Ronny die Sitzplatzkarte seines Grossvaters immer weniger oft, er lieh sie lieber anderen oder niemandem. Ronny schrieb diese Abkehr vor allem dem Alter zu und gab sich Mühe, den Kontakt einigermassen aufrecht zu erhalten. Diese Woche hatte er ihm mit etwas Verspätung eine originelle Geburtstagskarte geschickt, und hin und wieder, wenn er gleich in der Nähe war, besuchte er ihn, aus Rücksicht auf seinen Zorn immer in zivil.

Jetzt war es ausgerechnet Ronny, der die Leiche von Arnold entdeckte. Nach einigen Telefongesprächen mit Familienangehörigen erfuhr er, dass der nun Tote gestern Mittag noch einen gesunden Eindruck gemacht hatte, sich jedenfalls noch lautstark über das Mittagessen beschweren konnte, das ihm eine Tochter vorbeibrachte. Da Ronny ihn vor dem laufenden Fernseher vorgefunden hatte, lag es auf der Hand, dass die sechs Tore im Mitteldrittel einfach zu viel für das alte Herz gewesen sein mussten.

Etwas gar cool war man schon vorgegangen, wie es Big Bad Boy beschönigend ausdrückte. Doch das nächste Mal wollte man sich nicht lumpen lassen. Die Vorbereitungen für den grossen Schlag liefen nun auf Hochtouren. Die Leute liessen ihr Geld nicht einfach so herumliegen, das war eine der Lehren, die man aus der Katastrophe vom Samstag ziehen konnte. Man musste sich wohl oder übel doch auf Objekte konzentrieren, und die Villa beim Schönberg würde gewiss einiges an wertvollem Material beherbergen, Gemälde, Skulpturen, Schmuck oder Geschirr zum Beispiel. Deshalb brauchte man für Dienstag unbedingt ein Gefährt.

Im Schutze der Dunkelheit gingen Fredi und Big Bad Boy die von Wald gesäumte Route de la Pisciculture hinunter. Big Bad Boy hatte da unten einmal für zwei Wochen gearbeitet, deshalb kannte er die Gegend ein bisschen. Schon damals hatte er sich gesagt, wenn du einmal ein Auto brauchst, dann komm hierher.

Wider Erwarten kreuzten sie auf dem Weg drei Personen. Einen keuchenden Velofahrer mit einem hässlichen grünen Carlsberg-Shirt, einen Einarmigen und einen Typen, der mehr nach Morgan Freeman aussah als Morgan Freeman.

Zwischen den Gebäuden von Emmaüs und einer Carrosserie erreichten sie einen recht grossen Parkplatz.

«So, jetzt schauen wir uns einmal um», sagte Big Bad Boy wohlgemut, «der Schlüssel liegt normalerweise auf der Sonnenblende.»

Ein neuer schwarzer Honda Jazz war geschlossen, ein Mitsubishi Lancer mit geräumigem Kofferraum ebenfalls, aber das waren auch nicht die Fahrzeuge, die Big Bad Boy im Sinn hatte. Die standen weiter hinten, und als Fredi sie erblickte, wusste er auch, warum man die offenbar so leicht entwenden konnte.

Einem Golf fehlte ein Rad, einem Citroën die Fahrertür, einem Toyota beides und einem Fiat die Motorhaube samt Motor. Man brauchte kein Mechaniker zu sein, um sofort festzustellen: Das einzige Gefährt, das derzeit seinen Namen verdiente, war der weisse Citroën.

Big Bad Boy setzte sich ans Steuer, Fredi öffnete die Beifahrertür und nahm ebenfalls Platz. Ein paar Spinnenfäden klebten ihnen sogleich im Gesicht. Sauber war es nicht, allerlei Getier ging hier bei offener Tür wohl ein und aus. Ansonsten sass man recht bequem. Alles, was jetzt noch fehlte, war der Schlüssel.

Auf der Sonnenblende allerdings befand er sich nicht. Auch nicht im Handschuhfach, nicht hinter der Windschutzscheibe, nicht im Zündschloss.

«Ja voilà, wir sind hier auch nicht in einem Film», sagte Fredi. «Das hier ist das harte Leben.» Dann schlug er mit der Faust auf die Ablage, und hätte der Citroën über einen Airbag verfügt, er wäre bestimmt losgegangen.

Montag, 12. März 2012

Eine neue Woche begann. Langsam nahmen die Bestrebungen für die Einbrüche die Züge von Arbeit an, und das gefiel Fredi nicht, denn dann hätte er ja gleich arbeiten gehen können, und dies ohne Risiken und mit mehr Erfolg.

Es war zehn Uhr, und Fredi und Big Bad Boy hatten schon fast eine halbe Stunde Marsch hinter sich, was vor allem Ersterem ziemlich zu schaffen machte. Seine sportlichen Aktivitäten beschränkten sich, seit Roberta ihn verlassen hatte, auf den Jubel bei wichtigen Toren.

Sie erreichten die Garage Moderne, dessen Gelände sich auf der linken Strassenseite zwischen dem Schönberg und Tafers erstreckte. Was sie hier sahen, übertraf ihre kühnsten Erwartungen. Noch nie hatte Big Bad Boy so viele Autos auf einmal gesehen, Fahrzeuge in allen möglichen Farben, Grössen und Zuständen.

Bald kamen sie zum Schluss, dass auch hier keine Schlüssel auf den Sonnenblenden lagen. Ein raffinierterer Plan müsse her, meinte Big Bad Boy, und er war auch nicht verlegen, diesen gleich selber zu liefern.

«Wir sind ja zu zweit», stellte er fest. «Du sagst dem Garagisten, du hättest Interesse, ein Auto zu kaufen. Bring ihn dazu, mit dir einen kleinen Rundgang über das Gelände zu machen. Währenddessen schleiche ich ins Büro und besorge mir einen Schlüssel.»

Fredi nickte. Das hörte sich vernünftig an.

Fredi betrat das Büro der Garage Moderne und fand zwei Männer beim Kaffee. Sie lachten, diskutierten, gestikulierten, es musste sich bei ihnen um alte gute Freunde handeln. Von Fredi nahmen sie keine Notiz.

Den einen hatte er schon einmal gesehen, und der war sicher nicht der Mechaniker oder Autoverkäufer. Der war Arzt, ein ziemlich guter sogar, denn er hatte Fredi damals mit einem Zeugnis geholfen, den Militärdienst im Nu hinter sich zu bringen. Der andere mit den zurückgekämmten Strähnen bemerkte nun Fredis Anwesenheit, begrüsste ihn freundlich und fragte: «Auch gleich einen Kaffee?» Offenbar war dies der Mann, den er ablenken musste.

«Ich mag Kaffee nur mit Schnaps», antwortete Fredi wahrheitsgetreu.

Der Garagist lachte und wies ihn an, Platz zu nehmen. Er war Fredi sofort sympathisch.

Inga Vonlanthen sass an ihrem Pult und fertigte einige Skizzen für die kommenden Tage an. Eigentlich hatte sie heute frei, doch als Selbstständige konnte man sich entgegen der landläufigen Meinung nicht immer freinehmen, wann es einem beliebte. Aber sie mochte ihre Arbeit als Tätowiererin. Morgen kam eine Anwältin vorbei, die sich ihren Lieblingswitz über die Berner unauslöschlich auf den Oberschenkel machen lassen wollte. Etwas gewöhnungsbedürftig, aber der Kunde hatte das letzte Wort. Weiter arbeitete sie an einem Schädel, aus dessen Knochen Wurzeln wucherten, an einer Darstellung aus dem Neuen Testament für einen befreundeten Priester sowie an einem kitschigen Delfinmotiv, das sie einem Apotheker nicht hatte ausreden können.

Wenn ihr dann noch Zeit blieb, entwarf sie mögliche Tattoos für sich selber. Erst letzte Woche hatte sie sich wieder stechen lassen, und zwar einen Eishockeyspieler mit Totenkopf und Krone, den sie von einem Buchdeckel kopiert hatte.

Als Inga ihren Blick für einen Moment von den Skizzen abwandte und gedankenverloren durch das Zimmer schweifen liess, stutzte sie plötzlich. Was war denn das? Es war eine alte Goaliemaske, versehen mit dem alten Gottéron-Logo, die da auf ihrem Parkett lag.

Zur Ablenkung sah sich Fredi abends «No Country for Old Men» an. Er hatte schon immer die Neigung, zu Bösewichten in Filmen eine gewisse Sympathie zu entwickeln, weshalb ihn die Figur des Anton Chigurh besonders faszinierte. Chigurh war anders als die anderen. Kompromisslos, abgründig, eiskalt. Nie hektisch oder nervös, immer über allem stehend. Fredi fühlte sich ihm fast ein bisschen verwandt.

Er dachte an die jüngsten Entwicklungen seines Wirkens in der gesetzeswidrigen Branche. Man hatte bisher einiges falsch gemacht, das war klar. Aber das Manöver heute Morgen schien funktioniert zu haben. Big Bad Boy hatte in Abwesenheit des Garagisten tatsächlich einen ganzen Schlüsselbund erbeutet. Natürlich hatte man am helllichten Tag nicht gleich versucht, mit einem Auto davonzurasen. Das war eine Aktion, die für die Nacht bestimmt war. Big Bad Boy hatte sich bereiterklärt, die Sache mit dem Auto zu erledigen. Er könne derzeit sowieso nicht gut schlafen. Fredi hatte diesen Vorschlag begrüsst und es sich mit einem Paar Cervelats, einer Tube Senf und ein paar Büchsen vor dem Fernseher gemütlich gemacht.

Im Verlaufe des Films musste er schliesslich zugeben, dass er Chigurh punkto krimineller Ausstrahlung vielleicht doch nicht ganz das Wasser reichen konnte. Aber das war wohl auch gut so. Er konnte und wollte ja nicht mit einem Bolzenschussgerät durch die Gegend ziehen und Leute abknallen.

Dienstag, 13. März 2012

Zum dritten Mal hintereinander konnte Fredi nicht ausschlafen. Gegen elf Uhr riss ihn erneut ein hartnäckiger Handyanruf aus der Herrlichkeit.

«Egger Fredi», röchelte er in den Hörer.

«Guten Morgen», begrüsste ihn eine jüngere Stimme. «Hier ist Ron Rappo.»

Den Namen hatte Fredi schon irgendwo gehört. «Tag», grüsste er. Zu Leuten, die einen weckten, musste man nicht allzu freundlich sein.

«Darf ich Sie einen Augenblick stören?»

«Worum geht es?»

«Es ist so. Offenbar kannten Sie einen Herrn Arnold W. Rappo, richtig?»

«Arnold Rappo? Nie gehört.»

«Sind Sie sicher?»

«Todsicher.»

«Samstagabend versuchten Sie aber, ihn mit Ihrem Handy anzurufen. Sie konnten ihn aber nicht erreichen.»

«Aha.»

«Und zwar, weil er bereits gestorben war. Ich habe ihn heute tot in seiner Wohnung gefunden.»

«Ach so. Das ist ein Mist. Aber wirklich, ich kenne ihn nicht.»

«Aber wie kam es zum Anruf?»

«Ich war in der Beiz und habe mein Handy kurz jemandem ausgeliehen.»

«Können Sie mir sagen, wem Sie das Handy ausgeliehen haben?»

«Nein. Einer Frau. Ich kannte sie nicht.»

«Schade. Dann können Sie mir wohl tatsächlich nicht weiterhelfen.»

«Tut mir leid.»

«Mir tut es leid, dass ich Sie unnötig gestört habe. Falls Sie der Frau irgendwann wieder begegnen, dann melden Sie sich doch bei mir.»

«Mach ich.»

«Ich bin Ron Rappo von der Kriminalpolizei Freiburg.»

«Aha.» Jetzt erinnerte sich Fredi an den jungen Tschugger.

«Ich ermittle hier allerdings nicht als Polizist, sondern als Mensch. Ich bin … ich war der Enkel des Verstorbenen.» Ronny überlegte sich kurz, ob er sich nun in Gegenwarts- oder Vergangenheitsform als Enkel bezeichnen sollte. Denn Enkel war er ja nun eigentlich nicht mehr, doch der Gewesene war sein Grossvater, nicht er. Egal.

«D'accord.»

«Ich versuche einfach, seine letzten Stunden zu rekonstruieren, das ist alles. Besten Dank für Ihre Auskunft.»

«Kein Problem.»

«Wie war noch mal Ihr Name? Egger wie?»

«…»

«Sind Sie noch da?»

«Egger Vreni.»

«Vreni?»

«Genau. Adieu.»

«Auf Wiedersehen, danke.» Verwundert schob Ronny sein Handy in die Tasche und ärgerte sich darüber, dass er sich am Telefon schon wieder mit «Auf Wiedersehen» verabschiedet hatte.

Fredi fühlte sich wie Don Vito Corleone. Sie hatten sich für heute Abend in Schale geworfen, er und sein Partner Big Bad Boy, sie trugen schwarze Anzüge, schwere Ketten und dunkle Sonnenbrillen.

Gegen 19 Uhr tuckerten die beiden im gestohlenen Rolls Royce auf das Anwesen von Roland Rothmeier. Bestimmt hätte man schon früher beginnen können, denn er musste ja nun längst im Tessin sein, aber Zeit blieb genug. Big Bad Boys Fahrkünste hatten für einige Schreckmomente gesorgt, denn es war viele Jahre her, dass er den Führerschein abgeben musste und nicht mehr wiedererhielt. Aber es war ihm dank einigen waghalsigen Manövern gelungen, den Wagen stets auf der Strasse zu halten.

Der Rolls Royce war sogar mit einem völlig unverdächtigen Kennzeichen versehen. Big Bad Boy hatte ganze Arbeit geleistet. Er hatte zwei verschiedene Freiburger Placken entwendet, sie in der Mitte auseinandergesägt und kombiniert wieder zusammengefügt. So verfügte der Rolls Royce nun über ein reguläres Kennzeichen, das von niemandem vermisst wurde.

Fredi wollte von Big Bad Boy aber noch eines wissen:

«Jetzt, wo wir einen Rolls Royce haben, warum müssen wir denn diesen blöden Einbruch noch machen?»

Big Bad Boy schwieg für einmal.

«Wir fahren doch irgendwohin und verkaufen die Kiste!», fuhr Fredi fort.

«Fredi, bitte», sagte Big Bad Boy, «der Einbruch liegt mir am Herzen. Das war mein Projekt, ich habe es ausgearbeitet, und ich möchte es zu Ende bringen. Ausserdem haben wir keinen Fahrzeugausweis.»

«D'accord, bringen wir es hinter uns», meinte Fredi. Es war jetzt wirklich zu spät, die Sache noch abzublasen.

Es erwies sich als wertvoll, dass man das Haus schon einmal von aussen inspiziert hatte. So konnten die beiden schon vor dem Einbruch beschliessen, durch eine Hintertür ins Haus einzudringen. Sogar Werkzeuge hatten sie diesmal mitgebracht, damit alles laut- und reibungslos vonstattengehen konnte.

Es lief wie geschmiert. Die Tür liess sich mit einem Dietrich ohne Probleme öffnen. Beim Eintreten in das Haus setzten beide ein ganz routiniertes Gesicht auf, obwohl sie ziemlich überrascht waren, wie schnell es voranging.

Sie kamen zuerst in einen Keller, der so viel bot, dass sie den Rolls Royce schon hier hätten füllen können. Allein der Anblick des Weins machte schon betrunken. Fredi allerdings, nicht unbedingt der Weintyp, stürzte sich sogleich auf eine alte Harasse Bier.

«Cardinal Lager, aus dem Jahr 1996. Das wurde garantiert noch in Freiburg gemacht», rief er begeistert, «das ist noch echtes Freiburger Cardinal!»

«Fredi, wir suchen hier Wertgegenstände und nicht abgelaufenes Bier», wies ihn Big Bad Boy zurecht.

Fredi aber hatte sich mit der Harasse schon aus dem Staub gemacht.

Big Bad Boy ging einen Raum weiter und entdeckte dort ein Fahrrad in einem ordentlichen Zustand. Daraus liess sich bestimmt etwas Kapital schlagen. Zufrieden rollte er es nach draussen.

Dann gingen sie gemeinsam die Treppe hoch. Sie verzichteten darauf, das Licht anzumachen. Der Mond spendete genug Helligkeit.

In der nächsten halben Stunde wurden Fredi und Big Bad Boy zu einer regelrechten Raubmaschinerie. Alles, was irgendwie wertvoll aussah, wurde nach unten gebracht und sofort in den Kofferraum geladen oder später auf die Rücksitze gelegt. Zu Fredis Errungenschaften gehörten unter anderem eine alte Kuckucksuhr, eine riesige Kaffeerahmdeckelsammlung, zwei zeitgenössische Gemälde (ein obszönes Bild von Humbert und eine Stadtkarikatur von Teddy Aeby), ein Lederkissen und eine Autogrammkarte von Jean Gagnon. Big Bad Boy konnte bis dahin den Diebstahl eines Hirschgeweihs, eines Mikrowellenherds, eines kostbaren Teppichs, einer griechischen Statue (bei der er den noch aufgeklebten Preis von 14.90 Fr. übersah) und einer zwölfbändigen Weltgeschichte für sich verbuchen.

Nachdem er auch noch einen Setzkasten voller Trouvaillen abmontiert und in Besitz gebracht hatte, brauchte Fredi eine Pause. Er begab sich auf den Balkon, der so lag, dass kein Nachbar ihn sehen konnte. Wie es sich für einen erfolgreichen Verbrecher gehörte, zündete sich Fredi eine Zigarre an. Genüsslich zog er daran und musste sogleich husten. Das ärgerte ihn. Das passierte den Bösewichten im Film nie.

Fredi fühlte sich aber heute wie im Film. Heute war er nicht mehr Fredi Egger, heute war er ein Gangster. Es war eine Denkweise, die das Ganze leichter machte.

Als er in die Küche zurückkehrte, stand jemand am Kühlschrank und trank ein Glas Orangensaft. Er war fast nackt, nur eine Unterhose ersparte Fredi einen noch schlimmeren Anblick. Fredi war verblüfft, verwirrt, schockiert, doch eines wusste er bestimmt. Der Mann in der Küche war nicht Big Bad Boy.

Die Überraschung bei Fredi und Big Bad Boy war natürlich gross gewesen, als Roland Rothmeier plötzlich auftauchte. Bei Rothmeier war sie noch grösser, denn im Grunde waren es ja Fredi und Big Bad Boy, die in seiner Küche auftauchten und nicht umgekehrt. Nachdem also alle drei für einen Augenblick erstarrt waren, schafften es Fredi und Big Bad Boy, den Eindringling – so nahmen sie ihn unkorrekterweise wahr – zu überwältigen und wehrlos zu machen. Inzwischen hatten sie auch das Licht angemacht, denn wenn Rothmeier zu Hause war, durfte auch Licht brennen.

Das Ereignis stellte den Spielverlauf völlig auf den Kopf. Es hatte so vielversprechend angefangen, man war drauf und dran gewesen, sämtliche Wertgegenstände aus dem Haus zu schaffen, und nun sassen sie im Wohnzimmer, neben ihnen der Hausherr, an einen Stuhl gefesselt und mit einem Waschlappen im Mund.

Roland Rothmeiers Auftauchen war das denkbar Dümmste, was passieren konnte, und dies nicht nur, weil damit der erfolgreiche Diebstahl all der wertvollen Güter gefährdet war. Rothmeier hatte sie beide gesehen, und er würde sie trotz der für sie ungewöhnlichen Aufmachung zweifelsfrei erkennen, sollte er ihnen je wieder über den Weg laufen. Und das würde er. Das hier war nicht Paris oder Berlin, das hier war Freiburg. Hier konnte man nicht einfach in den Untergrund abtauchen, schon gar nicht, wenn man schon immer hier gelebt hatte.

«Siehst du», rief Fredi verärgert aus, «mit meiner Hockeymaske hätten wir jetzt ein grosses Problem weniger.»

Big Bad Boy stand auf, ging nervös in die Küche, kam wieder zurück – eine Strecke, die er in den nächsten Minuten noch unzählige Male abspulen sollte.

Beim Gedanken an die Hockeymaske stutzte Fredi kurz, dann redete er sich ein, dass sie sich wohlbehütet zu Hause in seinem Rucksack befand. Nur wenn man sich an etwas nicht erinnern konnte, hiess das nicht, dass es nicht geschehen war. Aber das war jetzt nicht die dringendste Angelegenheit.

«Warum bist du denn zu Hause, du Mistkerl?», rief Big Bad Boy verzweifelt und sah Rothmeier feindselig an.

Selbst Fredi mutete es etwas seltsam an, einen Mann als Mistkerl zu bezeichnen, bloss weil er bei sich zu Hause war.

«Fredi», sagte Big Bad Boy schliesslich mit weit aufgerissenen Augen, «hast du eine bessere Lösung, als ihn zu töten?»

Fredi sagte nichts.

Roland Rothmeier hatte bei Big Bad Boys Vorschlag kurz in seinen Waschlappen gebrummt, jetzt sass er wieder einigermassen ruhig da, freilich immer noch mit rotem und verschwitztem Kopf. Als das Spiel gegen Lugano begann, hatte Fredi den Fernseher eingeschaltet. Big Bad Boy, der ihn vergeblich daran zu hindern versucht hatte, hastete immer noch umher, sein Hirn arbeitete auf Hochtouren, vielleicht rührten die Kopfzuckungen daher.

Neunte Minute, Brady Murray, 1:0 für Lugano. Auch das noch.

«Jetzt mal ganz rational!» Big Bad Boy war stehengeblieben. «Wir müssen dafür sorgen, dass wir nie mehr von ihm gesehen werden, oder dass er uns nie mehr sieht. Klar?»

Fredi nickte, konnte aber zwischen den beiden Möglichkeiten keinen Unterschied ausmachen.

«Wir könnten also weit wegziehen, nach Südamerika auswandern zum Beispiel.»

«Das kommt für mich nicht in Frage», sagte Fredi. «Ich verlasse nicht mal den Schönberg.»

«Das habe ich mir gedacht. Das andere wäre, dass Rothmeier ihn verlässt.»

Rothmeier nickte eifrig.

«Doch das wird er nicht tun», fuhr Big Bad Boy fort. «Selbst wenn er es uns heute versprechen würde. In Todesangst versprechen sie dir die wildesten Dinge.»

Immer noch neunte Minute, Kimmo Rintanen, 2:0. Scheisse nochmal.

«Das bedeutet, dass wir gar keine Wahl haben. Wir müssen ihn beseitigen.»

Rothmeier schüttelte eifrig den Kopf.

Fredi wandte seinen Blick vom Bildschirm ab und sagte: «Ich habe keine Lust mehr, mir die Finger blutig zu machen.» Ganz unbewusst, die Kleidung trug bestimmt dazu bei, verwendete er einen Mafia-Jargon.

«Wir können ihn töten, ohne dass es blutet.»

«Ich ekle mich nicht vor Blut. Aber ich will ihn nicht töten. Er ist Gottéron-Fan.»

«Schlag etwas Besseres vor!», forderte Big Bad Boy wütend.

«Verdammt, jetzt lasst diesen Bednar dort nicht allein!», rief Fredi, nicht minder aufgebracht.

«Sei mal still», verlangte Big Bad Boy, nachdem die drei eine Weile das Spiel verfolgt hatten, in dem die Luganesi immer noch mit zwei Toren in Front lagen. «Hast du nicht auch etwas gehört?»

Fredi verneinte.

«Aus dem oberen Stock», präzisierte Big Bad Boy.

Da das Drittel eben zu Ende ging, stand Fredi auf und sagte, er werde der Sache einmal nachgehen.

Im Treppenhaus hing ein grosses Bild von Napoleon, oben stand eine antike Kommode mit einer violetten Vase drauf. Alles Gegenstände, derer sie sich auch noch bemächtigt hätten, wären sie nicht plötzlich unterbrochen worden.

In sämtlichen Räumen schien es dunkel zu sein,

ausser in einem. Irgendetwas kam Fredi sonderbar vor. Wurde da ein Spiel mit ihm gespielt? Falls noch jemand hier war, dann sollte Fredi bestimmt genau in jenes Zimmer mit dem schwach flackernden Lichtschein gelockt werden, das war offensichtlich. Aber dann hatte man die Rechnung ohne Fredi Egger gemacht. Er strich sich über seine nach hinten gegelten Haarfransen. Dann betrat er ein dunkles Zimmer und machte Licht.

Das Schlafzimmer präsentierte sich ziemlich unordentlich. In der Mitte stand ein grosses Bett, der Rahmen war mit Stangen versehen, wie in «Basic Instinct». Stil hatte dieser Rothmeier, das war nicht von der Hand zu weisen. Fredi warf noch einen Blick in den Kleiderschrank, aber da war niemand.

Auch in den anderen dunklen Zimmern machte Fredi keine nennenswerte Entdeckung. Es blieb noch eine geschlossene Tür, nämlich diejenige, unter der das schwache Licht hervortrat. Es dürfte sich hier um das Badezimmer handeln, analysierte Fredi, da er auf dieser Etage noch keines gesehen hatte und man von einer Villa dieser Währung mindestens ein Badezimmer pro Stockwerk erwarten konnte.

Fredi griff nach der Klinke und öffnete entschlossen die Tür.

Da war jemand.

Da war eine Frau.

Da lag eine Frau in der Badewanne.

–

Es duftete nach exotischen Früchten oder Pflanzen. Auf den Fliesen, welche die Badewanne umrandeten, flackerten Kerzchen. Am Boden lag ein kleines Abspielgerät, das eines der schönsten Liebeslieder von Roxette von sich gab. Einen Augenblick lächelte die Frau in der Badewanne Rothmeier anzüglich an, dann bemerkte sie, dass der Mann an der Tür gar nicht Rothmeier war, stand auf und schrie vor Schreck, legte sich wieder in den Schaum, da ihr wohl bewusst wurde, dass sie nackt vor einem fremden Mann stand.

Du meine Güte. Was man als Einbrecher nicht alles erlebt, dachte sich Fredi. Da musste man einfach immer mit bösen und weniger bösen Überraschungen rechnen.

«Komm raus», sagte Fredi ruhig zu der Frau in der Badewanne, die ziemlich verängstigt war, was er im Grunde durchaus verstehen konnte. Er durfte ihre abweisende Haltung nicht persönlich nehmen. «Komm raus und zieh dich an», sagte Fredi, wobei er vor allem auf die Befolgung des ersten Befehls bestand.

So sassen sie nun zu viert im Wohnzimmer. Fredi angespannt, Big Bad Boy schweissüberströmt, Rothmeier und seine Frau wahrscheinlich recht besorgt, denn immerhin waren sie gefesselt und befanden sich in Herrschaft zweier wenig vertrauenerweckender Kerle. Eines hatten sie alle gemeinsam: Keiner der vier wusste, wie es mit ihnen heute Abend weitergehen sollte. Auch das Spiel war noch immer offen. Adam Hasani hatte mit einem frechen Backhandschuss in die nahe Ecke auf 1:2 verkürzt.

Lea und Roland Rothmeier. Zum 10. Hochzeitstag. Jene Worte zierten die Etikette der Weinflasche, die in einem Gestell gleich neben dem Fernseher stand. Verheiratet also, ganz entgegen Big Bad Boys Recherchen. Dann war sie also wohl schon am Samstag zu Hause gewesen, als man ein erstes Mal um die Villa geschlichen war. Und dann spielte es auch überhaupt keine Rolle, dass Rothmeier heute nicht nach Lugano gegangen war, die Villa wäre ohnehin nicht leer gestanden. Kurzum – Big Bad Boys Liste war keinen Pfifferling wert.

Roland Rothmeier befand sich zwar im Moment in keiner besonders vorteilhaften Lage, man konnte ihn dennoch als recht jungen, recht sportlich aussehenden Mann beschreiben. Schlank, braungebrannt, von Haarausfall noch keine Spur, weder auf dem Kopf noch auf der Brust. Entweder musste er eine ziemlich steile Karriere hingelegt haben oder aber man hatte ihm ein schönes Erbe zugesprochen. Es war verdammt unbesonnen gewesen zu glauben, er lebe hier ganz allein. Schon nur wegen seiner Villa mussten ihm die Frauen zufliegen, und wenn man dann zusätzlich noch einen so gutgebauten Körper besass, dann verbrachte man keine einsamen Nächte.

Dann verbrachte man sie offenbar mit einer Frau wie Lea Rothmeier. Sie schien ein wenig älter zu sein als ihr Mann, vielleicht vierzig, was aber nicht bedeutete, dass sie über keine Reize mehr verfügte. Vielleicht war sogar das Gegenteil der Fall, spekulierte Fredi während einem Spielunterbruch. Vielleicht war sie eine jener Frauen, die mit den Jahren immer attraktiver wurden, so wie Madonna. Das Adamskostüm stand ihr jedenfalls gut. Inzwischen trug sie aber einen Bademantel.

Sprunger vor dem Tor, wird gestört, doch da schiesst Birbaum aus dem Hinterhalt – und trifft zum Ausgleich! Fredi stand auf und ballte die Faust, die anderen drei blieben sitzen. Fredi jubelte immer noch, als gleich nach Wiederanpfiff die Scheibe der Bande entlang ins feindliche Drittel spediert wurde. Lugano-Torhüter Benjamin Conz fing sie ab, hegte aber offenbar gewisse Sympathien für Gottéron, denn er bediente hinter dem Tor Christian Dubé, dieser passte direkt in den Slot zu Pavel Rosa, der den Puck im Fallen unter die Latte lupfte. Die Wende innerhalb von elf Sekunden!

Fredi war noch in der zweiten Drittelspause ausser sich. «Nimmt sonst noch jemand ein Bier?», fragte er. Alle drei schüttelten den Kopf. Dann stand er auf und holte sich eine Flasche aus dem Rolls Royce.

Als Fredi beschwingt wieder in die Villa zurückkehrte, schien Big Bad Boy etwas die Kontrolle über sich verloren zu haben. Er stand nun hinter dem gefesselten Ehepaar, in der Hand hielt er ein grosses Küchenmesser, aus seinen Augen sprach der Wahnsinn.

«Wenn du mir nicht helfen willst, tu ich's allein!», sagte er entschlossen zu Fredi. Der Schweiss rann in Bächen an ihm herab. Er hinterliess nicht den Eindruck, noch mit sich spassen zu lassen.

Fredi setzte sich wieder. «Du willst also eine Frau töten?», fragte er seinen Partner.

«Das ist mir egal», antwortete Big Bad Boy mit schriller Stimme. «Gleichberechtigung gilt auch beim Morden.» Das Messer in seiner Hand zitterte.

Lea Rothmeier begann zu weinen.

«Ein Mord bringt hier von mir aus nichts», sagte Fredi gütig, während André Rötheli nach Ursachen für die Wende suchte. «Bei einem Mord nämlich beginnen sie nach uns zu fahnden. Aber bei einem kleinen Diebstahl? Das ist doch denen egal.»

Big Bad Boy setzte sich wieder. Er schien bloss einen kleinen Anfall gehabt zu haben, der nun wieder etwas nachliess. «Warum kann nie etwas nach Plan laufen?», klagte er resigniert.

«Vielleicht, weil der Plan zu wenig gut war.»

«Du machst es dir einfach, Fredi. Wenn es läuft, spielst du den grossen Banditen, wenn es nicht läuft, bin ich an allem schuld.»

«Aber es stimmt doch. Du hast mir versichert, dass dieser Rothmeier hier allein wohnt und bei Gottéron-Spielen nicht zu Hause ist.»

«Du hast es doch selber gesehen! Das Billett für den Match in Lugano! Und es gab keine Anzeichen für eine Ehefrau!»

Es folgten noch diverse weitere Schuldzuweisungen, die sie keinen Schritt voranbrachten. Man diskutierte mögliche Lösungen, die aber allesamt denselben Makel aufwiesen. Die Rothmeiers waren Zeugen eines Delikts, und dies bis ans Ende ihres Lebens. Die beiden würden, wenn man sie nun unversehrt davonkommen lassen würde, für immer ein unangenehmes Wissen besitzen, sie würden Macht und Kontrolle über Fredi und Big Bad Boy haben. Natürlich würden sie in ihrer Lage bei sämtlichen Heiligen und Unheiligen schwören, auf ewig zu schweigen. Nichts leichter als das. Aber in einem

Punkt war Fredi mit Big Bad Boy völlig einverstanden: Die meisten Leute waren dreist genug, im Umgang mit Einbrechern gegen die Regeln zu verstossen.

«Hör zu», sagte Fredi langsam zu Big Bad Boy, ohne den Fernseher aus den Augen zu lassen. «Wir töten die beiden. Aber erst nach dem Spiel. Ich bin sicher, dass sie sich das auch noch ansehen möchten. Nicht wahr?»

Die beiden schluchzten und nickten.

«Natürlich sind sie einverstanden!», warf Big Bad Boy dazwischen.

«Sei jetzt still. Du kannst doch während so einem spannenden Spiel keine Leute töten!» Dann endlich zog er das Bier aus seiner Hosentasche und öffnete es mit den Zähnen. Ein richtiges Cardinal. Produziert und abgefüllt im April 1996 in Freiburg. Er zögerte die Erlösung noch einen Augenblick hinaus, dann endlich liess er sich das Gold langsam in den Mund laufen.

Bei Sébastien Reuilles Ausgleichstreffer zum 3:3 beschränkte sich Fredi noch auf ein paar üble Fluchwörter. Als derselbe Reuille aber fünf Minuten später wieder gefährlich vors Tor kurvte und Daniel Steiner den freiliegenden Puck zur erneuten Führung Luganos einschoss, war Fredis Reaktion ungleich heftiger. Er stand auf, köpfte mit dem Fuss eine blühende Orchidee, schnappte sich einen Apfel und wollte ihn mit voller Wucht gegen die Wand werfen, besann sich aber im letzten Moment.

«Jetzt verlieren sie», sagte Big Bad Boy vor sich hin.

Das waren etwas unbedachte Worte, denn neben ihm stand immer noch ein sehr gereizter Fredi. Und der wusste gerade nicht, was er mit dem Apfel in seiner Hand anfangen sollte.

Jetzt schon. Der Apfel verfehlte Big Bad Boys entsetzte Visage um Haaresbreite.

«Spinnst du?», rief Big Bad Boy. Der Apfel war mit solcher Wucht an seinem Kopf vorbeigeflogen, dass sich die Frage stellte, was im Falle eines Treffers geplatzt wäre.

«Hör zu, Bad Boy», sagte Fredi mit mahnendem Zeigefinger, «wenn wir noch gewinnen, dann entscheide ich allein, wie es hier weitergeht. Wenn wir verlieren, kannst du machen, was du willst. Klar?»

Big Bad Boy nickte eingeschüchtert.

Dieser Fredi hatte offenbar etwas mehr Erbarmen mit ihnen als der andere verrückte Typ. Er hatte zwar auch vom Töten gesprochen, aber dieses zumindest bis nach dem Spiel verschoben. Dabei fragten sich die Rothmeiers, ob er einfach während dem Eishockey nicht töten mochte, ob er wollte, dass sie sich das Spiel noch anschauen konnten, oder ob er sich noch etwas anderes einfallen lassen würde. Nach der Geschichte mit dem Apfel war bei dem gefesselten Paar jedenfalls wieder etwas Hoffnung aufgekommen. Ein Sieg von Gottéron könnte Fredi womöglich derart besänftigen, dass er Gnade gewähren würde.

Falls dies stimmte, lag ihr Leben in den Händen, auf den Stöcken der Spieler von Gottéron. Tore entschieden nun über Leben und Tod. Noch zehn Minuten. Es stand immer noch 4:3 für die Tessiner.

Auch Fredi hielt es fast nicht mehr aus, obwohl sein

Leben nicht auf dem Spiel stand. Lugano spielte nun gross auf, Cristobal Huet konnte die Entscheidung aber immer wieder verhindern.

In der sechsundfünfzigsten Minute kam der Puck hinter dem eigenen Tor zu Luganos grossem Stratege Petteri Nummelin. Zumindest war er dies einmal gewesen. Er beabsichtigte, mit einem seiner Laserpässe einen weiteren Angriff zu lancieren. Doch Gottérons Jungstar Romain Loeffel roch den Braten und fing den Puck in der neutralen Zone vor dem lauernden Jaroslav Bednar ab. Er stürmte sogleich in das gegnerische Drittel, verzögerte geschickt, nun musste der Pass kommen –

Fredi, die Rothmeiers und die gesamte Gottéron-Anhängerschaft hielten den Atem an –

doch Loeffel schoss selber und erwischte den eingewechselten Tobler zwischen den Schonern! 4:4!

Fredi machte einen Satz auf das Tischchen, sodass die Schale mit den restlichen Äpfeln zu Boden fiel. Dann sprang er zu Roland Rothmeier und umarmte ihn, sprang zu Lea Rothmeier und drückte ihr einen Kuss auf die Wange. Mit jemandem musste man ja schliesslich feiern – denn Big Bad Boy verzog keine Miene.

Nach Ablauf der regulären Spielzeit klingelte das Telefon. Niemand der vier machte Anstalten aufzustehen, zwei wollten nicht, zwei konnten nicht. Nach etwa einer Minute hörte das Klingeln auf, der Telefonbeantworter wurde eingeschaltet. Gesang, Geschrei, Getöse – in der Wohnstube wurde man hellhörig. Und dann hörten sie eine Stimme sprechen: «Schatz, wie geht's? Es ist unglaublich hier, ein Wahnsinnsspiel! Jetzt Verlängerung, es dauert also noch ein bisschen. Mach's gut, bis später, tschüss!»

Niemand mehr sagte ein Wort. Alle brauchten sie eine Weile, um den Anruf zu verarbeiten und dessen Folgen abzuschätzen.

Es war Fredi, der als erster aufstand, um Rothmeier, der gar nicht Rothmeier war, den Waschlappen aus dem Mund zu nehmen. «Wer bist du?», fragte er ihn.

Keine Antwort.

«Wer bist du?», fragte Fredi noch einmal.

«Ich bin Urs», antwortete der Mann in der Unterhose endlich.

«Einen schönen Ehebruch haben wir da», sagte Big Bad Boy zufrieden. Die Sache gefiel ihm.

«Bindet uns los», sagte Lea Rothmeier, der man den Lappen auch aus dem Mund entfernt hatte. Das war nötig, denn jetzt ging es ans Verhandeln. Aufstehen mussten die beiden aber noch nicht können.

«Urs, wie oft hast du Lea schon besucht?», fragte Big Bad Boy.

«Bei jedem …», begann Urs.

«Es war das erste Mal», fuhr ihm Lea dazwischen. «Und das geht euch gar nichts an.»

«Weiss Roland davon?»

Beide verneinten.

Big Bad Boy lächelte wieder. «Ich nehme an, ihr wollt nicht, dass er davon weiss, stimmt's?»

Beide stimmten zu.

«Die Frage ist jetzt, was euch das wert ist. Was ist dir deine Ehe wert, Lea?»

Es war ihr ziemlich zuwider, mit dem Kerl zu diskutieren, der sie hatte töten wollen. Aber sie hatte wohl keine Wahl. Und auch ihr war bewusst, dass die plötzliche Offenbarung ihres Seitensprungs von unbezahlbarem Wert sein konnte. «Ich schlage vor, dass ihr uns einfach in Ruhe lasst, und wir lassen euch in Ruhe. Kein Wort zu meinem Mann von euch, keine Anzeige von mir.»

Das klang ganz logisch. So gab es keine Leichen und beide Seiten konnten sich sauber aus der Affäre ziehen, fand Big Bad Boy.

«Da wäre aber noch etwas», sagte Lea. «Mein Mann ist in ein paar Stunden zurück. Und dann muss hier alles wieder in Ordnung sein. Alles an seinem Platz, nichts darf fehlen.»

Plötzlich erschütterte ein gewaltiger Schrei den Raum, der Lea, Urs und Big Bad Boy zu Tode erschrak. Benjamin Plüss hatte nach praktisch siebenminütigem Powerplay bei numerischer Gleichzahl das Siegestor für Gottéron erzielt.

Urs, den Rothmeier anscheinend für einen guten Freund hielt, bot den beiden schliesslich zweihundert Franken an, um alles wieder so herzurichten wie vorher.

«Dreihundert», sagte Big Bad Boy.

«Also gut, zweihundertfünfzig», sagte Urs.

«Wenn ich dreihundert sage, dann meine ich auch dreihundert.»

Ein Deal, der vor allem Fredi besonders missfiel.

Dreihundert Franken, das war nicht nichts, aber die ganze Arbeit noch einmal? Doch was wollte man? Es war wohl wirklich besser, wenn man Rothmeier aus dem Spiel liess, und das ging nun halt nur, wenn man keine Gegenstände abführte.

In der nächsten halben Stunde wurden Fredi und Big Bad Boy zu einer regelrechten Einrichtungsmaschinerie. Alles, was sie nach unten gebracht und in den Kofferraum geladen oder später auf die Rücksitze gelegt hatten, wurde wieder nach oben gebracht.

Fredi zügelte unter anderem eine alte Kuckucksuhr, eine riesige Kaffeerahmdeckelsammlung, zwei zeitgenössische Gemälde (ein obszönes Bild von Humbert und eine Stadtkarikatur von Teddy Aeby), ein Lederkissen und einen Setzkasten voller Trouvaillen – die Autogrammkarte von Jean Gagnon behielt er. Big Bad Boy brachte das Hirschgeweih, den Mikrowellenherd, den kostbaren Teppich, die griechische Statue (bei der er nun den noch aufgeklebten, unverschämt tiefen Preis von 14.90 Fr. sah) und die zwölfbändige Weltgeschichte zurück an ihren Platz.

Lea Rothmeier bot den beiden an, den kaputten Mikrowellenherd und den stinkenden Teppich zu behalten, aber da sie die Objekte nicht mehr wollte, wollten sie sie auch nicht mehr, denn dann liessen sie sich offenbar nicht zu Gold machen.

Dann verabschiedete man sich. Die beiden gescheiterten Meisterdiebe gingen über den Vorplatz und näherten sich ihrem Auto, da kehrte Fredi noch einmal zur Villa zurück. An Urs, der sich ja nun nachträglich gar nicht als Gottéron-Anhänger entpuppt hatte, lag ihm nicht mehr viel. Doch es drängte ihn noch einmal zu Lea Rothmeier. Als er vor ihr stand, streckte er ihr die Hand entgegen. «Es tut mir leid», sagte er, «ehrlich.»

Lange sahen sie sich an. Leas Augen waren hart. Was für ein verrückter Abend. Es hatte Momente gegeben, in denen sie mit dem Leben abgeschlossen hatte. Es waren schreckliche Momente, die sie bestimmt nicht so schnell vergessen konnte. Und nun, wie ein Wunder, schien das Drama ganz ohne Gewalt zu Ende zu gehen. Die beiden Einbrecher, die sie eine Weile für Spitzel ihres eifersüchtigen Ehemannes gehalten hatte, zogen friedlich ab. Und jetzt stand der eine vor ihr und bat sie um Verzeihung. Was für ein Verlierer. Natürlich, die Tat, die er mit seinem Komplizen beging oder zu begehen versuchte, war schrecklich, abscheulich, und gerade deshalb schämte sie sich der Empfindung, die sie nun befiel. Tief im Innern dieses ungepflegten, rüpelhaften Unmenschen entdeckte sie nämlich ein im Grunde gutmütiges, gar sympathisches Wesen. Da reichte auch sie ihm die Hand und verabschiedete sich mit einem kraftlosen Druck.

Es klang seltsam, aber es war wohl so – der Seitensprung hatte ihr das Leben gerettet.

«Das war wirklich ein Thriller», sagte Fredi, als er in den Rolls Royce stieg.
«Was hast du noch gemacht?», fragte Big Bad Boy.
«Ich habe mich entschuldigt.»
Big Bad Boy schüttelte den Kopf.
«Du», sagte Fredi, «diesmal fahre ich!»
Eigentlich wäre Big Bad Boy gerne selber noch et-

was durch die Gegend getuckert, jetzt, wo er sich wieder etwas ans Fahren gewöhnt hatte. Aber er konnte Fredis Wunsch nachvollziehen, so eine Chance erhielt man nicht alle Tage.

«Gib mir den Schlüssel», verlangte Fredi, und sie tauschten die Plätze. Fredi verschwieg sowohl, dass er im Moment keinen Ausweis besass, als auch, dass er gar nie einen besessen hatte.

«Wo fahren wir hin?», fragte Fredi.

«Ans Meer!», antwortete Big Bad Boy.

Jauchzend und lachend schlugen sie sich in die Hände. Fredi schob die Kassette ins Gerät, und das Intro von «Hotel California» erklang. Was für ein grossartiger Moment.

Aber schon beim Anfahren offenbarte Fredi eklatante Fahrmängel. Und nach der ersten Kurve war auch Big Bad Boy klar: Fredi fuhr noch schlechter als er und konnte in keinem Land der Welt erfolgreich eine Fahrprüfung absolviert haben.

Fredi beabsichtigte, vom Schönberg in die Stadt zu fahren, aber das war leichter beabsichtigt als getan. Auf der Bernstrasse beschleunigte sich der Rolls Royce auf besorgniserregende Weise.

«Bremse!», schrie Big Bad Boy.

«Ja», antwortete Fredi. Aber er bremste nicht.

Er war gezwungen, das vor ihm fahrende Auto zu überholen, um nicht in dessen Heck zu rasen. Auf der Gegenfahrbahn näherte sich allerdings auch bereits ein Auto, und Fredi musste unbedingt reagieren, um einen Frontalzusammenstoss zu vermeiden. Big Bad Boy schrie und warf die Hände vors Gesicht.

Der Rolls Royce kam von der Strasse ab. Überfuhr ein Signal. Durchbrach eine Absperrung. Und noch eine. Inzwischen schrie auch Fredi. Es schüttelte und rumpelte. Vor ihnen tat sich ein Abgrund auf. Dann kamen sie endlich zum Stillstand. «Hotel California» lief immer noch. Ansonsten war es totenstill.

«Big Bad Boy?»
«Hm?»
«Alles klar?»
«Mh.»
–
«Du?»
«Ja.»
«Wo sind wir?»
«Keine Ahnung.»
«Tot?»
«Nein.»

Fredi und Big Bad Boy befanden sich auf der Poya-Brücke. Das Verheerende daran war, dass man die Fertigstellung der Brücke erst in knapp zwei Jahren vorgesehen hatte. Fredi war auf das blanke Gerippe gefahren, das zum einen noch keine Fahrbahn trug, zum anderen nach wenigen Metern abrupt endete und in die Tiefe führte.

«Soll ich mal rückwärts fahren?», fragte Fredi.

«Lieber nicht. Komm, wir gehen zu Fuss weiter», schlug Big Bad Boy vor.

«D'accord. Aber nicht ans Meer.»
«Und der Rolls Royce?»
«Egal. Sei froh, dass wir noch leben.»

Fredi hatte noch zwei Flaschen 1996er Cardinal Bier aus dem Rolls Royce gerettet, die er selbstverständlich nicht in den Keller zurückgebracht hatte. Die tranken sie nun, unten an der Saane auf einer Bank, weitab vom Trubel der Stadt. Obwohl sie dreihundert Franken reicher waren, mochten sie beide den Abend nicht als besonders erfolgreich bezeichnen. Aber zumindest Fredi wollte nicht hadern. Die Freude über den Halbfinaleinzug überwog eindeutig.

«So, und jetzt gegen die Mutzen, diese Arschlöcher», freute sich Fredi.

«Arschlöcher, warum?», fragte Big Bad Boy.

Es war eine Frage, die Fredi irritierte. Das war einfach so. Man musste nicht immer alles begründen. Sie nahmen einen Schluck Bier und Fredi gab keine Antwort mehr.

«Big Bad Boy», begann er dann, «darf ich dich auch etwas fragen?»

«Natürlich.»

«Warum hast du eigentlich so einen albernen Namen?»

«Du findest ihn albern?», fragte Big Bad Boy besorgt.

«Ach Mann. Ich habe noch nie einen dümmeren Namen gehört.»

«Und das sagst du mir erst jetzt?»

«Woher hast du den Namen?»

«Den hab ich mir selber gegeben.»

«Das habe ich mir gedacht.»

Das Bier schmeckte nicht mehr besonders. Aber

hundertmal besser als Bier, das nicht aus Freiburg kam, und tausendmal besser als Cardinal, das sie im Aargau machten.

«Was ist dein richtiger Name?», fragte Fredi weiter.

«Musst du das wirklich wissen?»

«Hey, wir sind Partner! Also sag's mir!»

«Ich heisse Petrus.»

«Was? Wieso?»

«Jetzt frag nicht so dumm. Meine Eltern waren Bibel-Fans.»

Und dann erzählte Petrus eine weitere Geschichte aus seinem Leben. Er sei als Kind schwach und ängstlich gewesen. In der Schule habe man ihn immer gehänselt, nicht zuletzt wegen seines Namens. Deshalb habe er die Bibel nie gemocht. Doch seine Eltern seien später untröstlich gewesen, als sich ihr Petrus für eine Lehre und gegen das Priesterseminar entschied. «Nachdem ich dann auch noch aus der Lehre geflogen bin, kam ich nach Freiburg, um ein neues Leben anzufangen, und nannte mich fortan Big Bad Boy.»

«Und warum gerade Big Bad Boy?», unterbrach ihn Fredi.

«Naja, Fredi … Ich erzähl's dir, aber werde bitte nicht wütend.»

«Das werde ich bestimmt nicht.»

«Damals, anfangs Neunziger. Der SC Bern war ziemlich erfolgreich, man nannte sie die Big Bad Bears. Da bin ich auf die Idee gekommen.»

«Aha.» Fredi erinnerte sich mit Grauen an dieses finstere Zeitalter. «Und wie kommst du auf den absurden

Gedanken, dich nach den Bernern zu nennen?», wollte er wissen.

«Fredi. Ich bin Berner.»

Nach diesem Geständnis musste Fredi einen Augenblick allein sein. Er fühlte sich hintergangen. Da arbeitete man mit jemandem zusammen, war drauf und dran, sich zu befreunden, und dann dies.

Er stand am Ufer der Saane, schüttelte die womöglich letzten Tröpfchen Freiburger Cardinal seines Lebens aus dem Fläschchen und dachte nach. Dachte nach über die Frage, warum er Berner einfach nicht riechen konnte.

Zehn Minuten später kehrte er zu Petrus zurück, der immer noch auf der Bank sass und niedergeschlagen wirkte. Als er Fredi kommen sah, stand er sofort auf und wollte ihn umarmen.

«Nicht», sagte Fredi.

«Es tut mir leid, Fredi», sagte Petrus mit erstickter Stimme. «Du bist ein toller Kumpel.» Dann umarmte er ihn doch, und Fredi liess ihn diesmal gewähren.

Fredi dachte an Lea Rothmeier, die ihn vorhin endlos lange mit stechendem Blick angesehen und ihm schliesslich die Hand gereicht hatte. Vielleicht war nun auch der Moment gekommen, um über seinen Schatten zu springen. Er hob beide Arme und drückte Petrus fest an sich. Dann lockerte er die Umarmung etwas und sagte: «Weisst du, Petrus, warum ich die Berner hasse?»

Kopfschütteln.

«Ich war etwa vier Jahre alt. Ich ging mit meinem

Vater in einen Laden, kurz vor dem 1. August. Da sah ich ein kleines Fähnchen mit einem schönen Bären drauf. Es gefiel mir. Ich fragte meinen Vater, ob wir es kaufen könnten. Er sah mich mit einem strengen Blick an und verpasste mir eine schallende Ohrfeige. Von da an wusste ich, was zu tun war.»

Mittwoch, 14. März 2012

Fredi betrat den Tätowiersalon, den eben ein junger Mann mit Slash-Frisur und breitem Lachen verliess.

Da sass sie auf einem Sofa, kritzelte etwas in ein Heft, und obwohl ihre langen dunklen Haare ihr Gesicht noch verdeckten, erkannte er sie sofort. Und sie gefiel ihm immer noch.

«Guten Tag», grüsste sie.

Fredi war schockiert. Kannte sie ihn etwa nicht mehr? «Äh … hallo», stammelte er.

Sie sah auf und lächelte. «Ah! Hallo! Das ist aber eine Überraschung!» Sie legte ihre Sachen beiseite und stand auf.

«Inga … ich …» Fredi war ein bisschen nervös. Das passierte ihm selten.

«Woher kennst du meinen Namen?», fragte sie erstaunt.

«Ich habe dich kürzlich zufällig durchs Schaufenster gesehen. Du warst beschäftigt.»

«Ja, ich bin derzeit meist beschäftigt.»

«Ich bin gekommen, um dich auf ein Bier einzuladen.»

«Oh. Das ist aber nett.»

«Ich bin dir ja auch noch eins schuldig.» Nun wurde Fredi auch noch verlegen.

«Stimmt. Du warst plötzlich weg.»

«Ja … Es tut mir leid. Ein Kollege aus meiner Metal-Band hatte ein Problem.»

«Du spielst in einer Metal-Band?» Ihr Gesicht begann zu strahlen.

«Ja … Nur zum Spass. Übrigens. Ich heisse Fredi.»

Er reichte ihr schüchtern die Hand und sie bat ihn, auf dem Sofa Platz zu nehmen. Leider könne sie den Laden derzeit nicht verlassen, aber wenn er Zeit habe, dürfe er ruhig ein bisschen bei ihr bleiben. Selbstverständlich hatte Fredi Zeit.

Natürlich besprachen sie sogleich den gestrigen Sieg und freuten sich gemeinsam auf das Halbfinal-Duell gegen Bern. Inga fragte Fredi ausserdem, ob er letzten Donnerstag nicht in der Fan's Bar gewesen sei. Er hatte ihr nämlich erzählt, dass er sich dort jeweils vor und nach den Heimspielen aufhalte. Fredi antwortete, er habe länger arbeiten müssen, für ein Einstimmungsbier habe es nicht mehr gereicht. Und danach sei er nach einem harten Tag zu müde gewesen. Er kam sich selber ziemlich unglaubwürdig vor, wenn er so von der Arbeit sprach. Und langweilig noch dazu.

«Sag mal, Fredi.» Inga begann zu lächeln. «Jetzt, wo du schon da bist – soll ich dich nicht tätowieren?»

Fredi seufzte überrascht. Er war ein wenig überfordert. Er hatte nichts gegen Tätowierungen, besass sogar schon eine, die er aber am liebsten wieder rückgängig gemacht hätte. Andererseits gefiel ihm der Gedanke, dass sich Inga auf seiner Haut verewigte. «Warum eigentlich nicht?», antwortete er zu ihrer Begeisterung.

«Jetzt brauchst du mir nur noch zu sagen was, und ich kann loslegen!» Noch vermutete sie aber, dass er einen Rückzieher machen würde, denn so spontan waren ihre Kunden normalerweise nicht.

Fredi dachte einen Augenblick nach, dann hatte er eine Idee. Er war so fasziniert von dieser jungen Frau, dass er alles Mögliche getan hätte, um ihr zu imponieren. «Kennst du Giger?», fragte er deshalb.

«Giger?» Ingas Augen leuchteten. «Machst du Witze? Giger ist mein absoluter Held!»

«Wirklich?»

«Ja! Ich warte schon lange darauf, jemandem ein Giger-Motiv stechen zu können!» Sie nahm ein Giger-Buch vom Regal und forderte Fredi auf, sich etwas auszusuchen, das ihm gefiel.

Fredi blätterte ein bisschen und missmutig stellte er fest, dass ihm eigentlich gar nichts gefiel. Er fragte sich, wie er sich nun schadlos aus der Situation retten konnte. Er wollte Inga auf keinen Fall enttäuschen. «Ich kann mich nicht entscheiden», sagte er und drehte seinen Kopf zu ihr.

Ein leichtes Zucken durchfuhr ihn. Solch blaue Augen hatte er noch nie gesehen, und nun schien ihm, dass sie ihn plötzlich mit einem Blick sibirischer Kälte musterte. Er konnte diesem Blick nicht standhalten und sah an ihr herab. Sie trug ein ärmelloses schwarzes T-Shirt mit einem grossen weissen Auge drauf. An ihrem rechten Oberarm entdeckte er eine interessante Tätowierung. Ein kleiner Eishockeyspieler mit Totenkopf und Krone. Das nun wäre ein Motiv ganz nach seinem Geschmack gewesen. Fredi überlegte und entschied sich dafür, dies Inga mitzuteilen.

«Freut mich, dass dir das Tattoo gefällt. Aber weisst du was? Vielleicht überlegst du dir die Sache noch einmal, in Ordnung?»

Ganz nüchtern betrachtet hatte sie wohl recht, befand Fredi. Sie musste ihm ja nicht gleich heute um den Hals fallen. Er fragte sie, ob sie diese Woche wieder im Banshee's Lodge oder sonstwo anzutreffen sei.

«Keine Ahnung», meinte sie. «Weisst du, dass morgen das neue Banshee's eröffnet wird?»

Fredi verneinte, und sie erklärte ihm, dass das kleine irische Pub von der Samaritergasse in die Goltgasse umziehe.

«Am Samstag bin ich sicher nach dem Spiel in der Fan's Bar. Wär schön, wenn ich da mit dir anstossen könnte. Auf den ersten Sieg gegen die Mutzen», sagte er zum Abschied und zwinkerte ihr zu.

«Danke für die Einladung», sagte sie und begleitete ihn zur Tür.

Er beabsichtigte eigentlich, sich mit drei Küssen auf die Wange von ihr zu verabschieden, aber da sie keine Anstalten dazu machte, liess auch er es sein. Es war wohl noch etwas zu früh. Er reichte ihr stattdessen die Hand, bereute dies aber, noch bevor sie auf den Gruss einging. Er fühlte sich ziemlich altmodisch und verklemmt, wo er doch sonst immer die Coolness in Person war. Auf dem Heimweg dann fragte er sich besorgt, ob er die Begegnung nun als Erfolg verzeichnen konnte oder nicht. Irgendetwas hatte ihm an Ingas Verhalten nicht gefallen.

«Egger Fredi.»

«Guten Tag. Hier ist Ron Rappo von der Kriminalpolizei Freiburg.»

«Tag.»

«Herr Egger, darf ich Sie einen Augenblick stören?»

«Klar.»

«Ich muss Sie leider mit einer unangenehmen Nachricht konfrontieren.»

«Ah ja?»

«Herr Egger, es ist so. Gegen Sie ist eine Anzeige erstattet worden und ich muss Sie leider zu einer Befragung vorladen.»

«Was soll ich denn verbrochen haben?»

«Das möchte ich mit Ihnen persönlich besprechen. Haben Sie morgen um acht Uhr Zeit?»

«Geht auch am Nachmittag?»

«Um dreizehn Uhr?»

«D'accord.»

Donnerstag, 15. März 2012

Fredi traf um 13:03 im Hauptgebäude der Kriminalpolizei Freiburg ein, wo er sogleich von einer feschen Empfangsdame in einen Raum gebracht wurde, der mit «Verhörzimmer» angeschrieben war.

Ronny Rappo und ein etwas älterer Kollege warteten bereits auf ihn. Mit Ersterem hatte Fredi schon zu tun gehabt. Er schmunzelte in sich hinein. Damals war er dem jungen Schnüffler in allen Belangen überlegen gewesen. Er war zuversichtlich, dass sich daran nicht viel geändert hatte. Und eines war klar: Fredi Egger war nicht einer, dem man leicht ein Geständnis entlocken konnte. Er war ein Kämpfer, und er würde auch in aussichtsloser Lage keine Schlacht aufgeben.

Nach einer nicht allzu herzlichen Begrüssung setzte er sich gegenüber die beiden. Der ältere startete ein Aufnahmegerät, womit die Befragung sogleich anfangen konnte. Diese trug sich im genauen Wortlaut wie folgt zu: «Herr Egger. Wo waren Sie am Samstagabend, den 10. März?»

«Keine Ahnung.»

«Denken Sie nach. Sie können sich ruhig Zeit nehmen.»

«Ich war am Gottéron-Match.»
«Wirklich?»

«Nein ... warten Sie. Ich war im Tilleul und habe den Gottéron-Match geschaut.

«Sind Sie sicher?»

«Ja.»

«Was haben Sie danach gemacht?»

«Ich ging ins La Chope. Im Schönberg.»

«Haben Sie getrunken?»

«Das kann man so sagen.»

«Wie viel?»

«Keine Ahnung.»

«Viel?»

«Weniger als auch schon.»

«Was haben Sie danach gemacht?»

«Ich bin nach Hause gegangen.»

«Herr Egger ... Gottéron-Match. Ein paar Bier trinken. Nach Hause gehen – deswegen sind Sie nicht hier. Das wissen Sie selber.»

«Weshalb dann?»

«Das möchte ich von Ihnen hören.»

«Nein, ich möchte es von Ihnen hören.»

«Herr Egger. Wir haben drei Zeugenaussagen, die Sie belasten. Aber wir interessieren uns auch für Ihre Sicht der Dinge.»

«Das ist ein alter Trick. Ich weiss nicht, wovon Sie sprechen.»

«Ihnen ist aber klar, dass sich ein Geständnis nur zu Ihrem Vorteil auswirken kann?»

«Ein noch älterer Trick. Sie werden von mir kein Geständnis bekommen.»

«Warum wollen Sie Ihre Tat nicht gestehen?»

«Weil ich nichts getan habe.»

«Hören Sie, Herr Egger. An Ihrer Tat zweifeln wir nicht. Was hat Sie dazu bewegt, so etwas Abstossendes zu machen?

«Nichts.»

«Waren Sie einfach betrunken oder hatte Ihr Handeln eine spezielle Motivation?»

«Nein.»

«Was meinen Sie damit?»

«Nichts.»

«Sie sind ein grosser Gottéron-Fan, stimmt's?»

«Jawohl.»

«Was halten Sie vom SC Bern?»

«Nichts.»

«Mögen Sie den SC Bern nicht?»

«Nein.»

«Warum nicht?»

«Mögen Sie die Berner etwa?»

«Herr Egger, wir stellen die Fragen und nicht Sie.»

«Sehen Sie. Sie weichen mir aus. Sie mögen die Berner auch nicht.»

«Was haben Sie getan, nachdem Sie das La Chope verlassen haben?»

«Ich bin nach Hause gegangen.»

«Gut. Dann sehen wir uns gezwungen, Ihnen eine Urinprobe zu entnehmen. Ich weise Sie darauf hin, dass das Anpinkeln eines fremden Autos als Straftat gilt, nach Paragraph …»

«Den schwarzen Audi mit dem SCB-Kleber neben dem Freiburger Nummernschild? Den habe ich angepinkelt, ja.»

«Tatsächlich?»

«Und wisst ihr was? Ich würde es wieder tun.»
«Sie bereuen die Tat nicht?»
«Nein, überhaupt nicht.»
«Und warum jetzt plötzlich der Gesinnungswandel, Herr Egger?»
«Einfach.»

Freitag, 16. März 2012

Filet de Loup de Mer en vapeur d'algues
Coussin d'aubergine & pulpe d'orties
Coulis de piment doux à la menthe, bonbon de
langoustines & noix de Saint-Jacques

* * *

Le meilleur du veau saisi à la poêle, relevé à la sauge
& d'un lait d'amande
Chanterelles en Gremolatta
Une réduction de Balsamique à l'échalote
Le jardin du moment & la pomme de terre écrasée
à la livèche

* * *

Le plateau des fromages d'ici et d'ailleurs

* * *

Ou pour les amateurs de saveurs sucrées:
Petit coulant tiède au chocolat Grand Cru très noir
Relevé de framboises «Belle de Fontenay»
Une fine crème au gingembre & gelée au citron vert
Un surprenant sorbet au basilic

Das war keine Menukarte, das war ein Gedicht. Aber kein Gedicht der leeren Worte, das sehnsüchtig oder klagend über platonisches Glück oder Unglück schwadronierte, sondern ein Gedicht, das nur eine leise Vorahnung auf den bevorstehenden Sinnestaumel gab.

Fredi und Petrus sassen auf dem gedeckten Balkon an einem kleinen Zweiertisch. Gleich daneben standen Töpfe voller duftender Gewürze – Rosmarin, Basilikum, Thymian und wie sie alle hiessen. Zwischen den beiden flackerte ganz romantisch eine Kerze, und tiefer unter ihnen offenbarte die Unterstadt, eingehüllt in einen schwachen, melancholischen Dunst, ihren ganzen Charme. Das gemeinsame Abendessen bildete den Schlusspunkt ihres Projekts, das sie – trotz ein paar Missgeschicken – immerhin dreihundert Franken reicher gemacht hatte. Das reichte bei Weitem, um sich einmal im Hotel de Ville ein richtig exquisites Menu zu leisten.

Bereits beim Aperitif jagte Fredi seinem Partner einen Schrecken ein, als er ihm von seinem unfreiwilligen Besuch auf dem Polizeiposten erzählte. Das Vergnügen war dann aber auch bei Petrus umso grösser, als er den wahren Grund für die Vorladung erfuhr.

Und dann kam das erste Gericht, und dann schwiegen sie.

Nichts gegen die Cervelats, die Fredi mehrmals in der Woche zu essen pflegte, aber was Frédérik Kondratowicz und seine Equipe hier auf den Tisch zauberten, war doch ein bisschen etwas anderes. Es war für beide eine kulinarische Reise auf einen anderen Planeten. Sie hatten noch nie annähernd so gut gegessen und nie zuvor war ihnen so bewusst geworden, dass Essen nicht bloss den Hunger stillte, sondern die Seele berauschte.

Etwas verstimmt nahmen sie allerdings noch zur Kenntnis, dass im hinteren Teil des Restaurants ein Bekannter von ihnen allein an einem Tisch speiste. Es war Fridolin Burger.

Samstag, 17. März 2012

Fredi betrat um zwölf Uhr – eine Zeit, zu der die Leute normalerweise am Essen und nicht am Beten waren – die Kathedrale. Er vergewisserte sich mit einem kleinen Kontrollgang, dass er sich wirklich allein im Gotteshaus befand. Dann nahm er ein Sackmesser hervor, brach den Opferstock auf und liess sämtliche Münzen, die darin lagen, in seinen Hosensack verschwinden.

Die Ausbeute hätte besser sein können, aber er war zufrieden. Den Zeitpunkt der Leerung musste er noch optimieren. Man musste jeweils so lange wie möglich warten, aber nicht zu lange, sonst kam ihm ein Geistlicher zuvor.

Er wollte bereits wieder gehen, doch heute machten sich bei ihm leichte Anzeichen von Gewissensbissen bemerkbar. Religiös war er überhaupt nicht, das schon nicht – aber gelegentlich war es vielleicht doch nicht schlecht, Gottes Existenz zumindest in Betracht zu ziehen, sich sicherheitshalber einmal zu entschuldigen und um Vergebung zu bitten. Denn vergeben, das taten sie in der Kirche ja. Sollte es Gott dann etwa doch geben, hatte man zumindest vorgesorgt.

Fredi setzte sich in die vorderste Reihe und entschuldigte sich für die kürzlich verübten Taten. Er sprach die Worte nicht laut aus, nur seine Lippen bewegten sich leicht.

Nachdem die Pflicht erfüllt war, entschied er sich, gleich noch etwas in die Offensive zu gehen und Gott um Hilfe zu bitten. Mit dem gestohlenen Geld zündete er zwei Kerzen an. Er wollte im Angesicht Gottes nicht zu egoistisch erscheinen, deshalb betete er nicht für sich, er betete für andere. Die sogenannte Nächstenliebe, das wusste er, lag im Christentum hoch im Kurs.

Die eine Kerze war für Gottéron. Er wünschte ihnen den Meistertitel, endlich den Titel, auf den man schon so lange wartete und den niemand so sehr verdient hätte. Spontan fragte sich Fredi, ob es nur Zufall war, dass das Wort Gottéron den Namen des Schöpfers enthielt. Huldigte der Club ihm etwa damit? Oder umgekehrt? Unsinn. Fünf Minuten in der Kirche, und schon hatte er jeglichen Sinn für die Realität verloren.

Die andere Kerze war für Inga. Er bat Gott darum, dass sie glücklich sein mochte, dass sie nicht zu viel arbeiten musste, und dass sie einen flotten, treuen Freund finden würde, einen wie Fredi Egger.

Plötzlich wurde Fredi von Schritten aus der Frömmigkeit gerissen. Er sah auf und erblickte einen Pfarrer. Allerdings einen Pfarrer, wie er ihn so noch nie gesehen hatte. Er trug zwar einen Rock, doch oben nur ein weisses T-Shirt, um den Hals ein grosses Kreuz, die langen Haare zu einem Zopf gebunden, doch das Erstaunlichste waren die Tätowierungen auf dem Unterarm.

Der Pfarrer setzte sich neben Fredi und fragte ihn, ob er ihm helfen könne. Dies behagte Fredi gar nicht, er traute diesen Kerlen einfach nicht. Aber vielleicht war dieser hier anders.

Fredi erzählte ihm, wofür er die Kerzen angezündet hatte, was dem Pfarrer ein Schmunzeln entlockte. «Gott kann natürlich nicht alles richten», antwortete er. «Stellen Sie sich nur Gottes Verwirrung vor, wenn ein Berner ihn ebenfalls um den Meistertitel bittet.»

«Aber die Berner sind doch reformiert?»

«Das stimmt. Aber auch die Berner sind Gottes Kinder.»

Laut Kirche sind Freiburger und Berner also gleich, überlegte sich Fredi.

«Darf ich Ihnen eine Frage stellen?», fragte der Pfarrer.

«Klar.»

«Was denken Sie, was würde ein Meistertitel in Freiburg verändern?»

«Verändern?» Das war gar nicht so eine leichte Frage. «Es gäbe sicher ein Riesenfest. Ein Fest, wie es Freiburg noch nie gesehen hat. Freinacht. Freibier. Das Höchste der Gefühle.»

«Und dann?»

«Was dann? Dann wäre man Meister. Ist das nicht genug?»

«Ich möchte einen Vergleich mit Ihnen machen», begann der Pfarrer. «Verstehen Sie mich nicht falsch. Auch ich bin ein glühender Gottéron-Anhänger. Aber diese Meisterlosigkeit – sie hat auch ihr Gutes.»

«Was soll daran gut sein?», fragte Fredi skeptisch.

«Kennen Sie die theologische Idee der Heilserwartung?»

«Nein ...»

«Gut», sagte der Pfarrer nachsichtig. Er hatte auch

gar nichts anderes erwartet. «Ich erkläre sie Ihnen. Die Heilserwartung bezeichnet die Erwartung des baldigen Eintritts einer perfekten, heilen und heiligen Welt. Der Glaube an die Konstituierung eines Reiches, in dem das Böse endet und das Gute vollkommen ist.»

«Aha.» Fredi war gelangweilt. Was sollten diese theologischen Verrücktheiten denn mit Eishockey zu tun haben?

«Die Geschichte wird zur sinnvollen Abfolge göttlicher Handlungen, die letztlich auf die Vollendung des in der Offenbarung verheissenen Heils abzielen.»

«–»

«Wir Christen, wir warten auf unser Heil. Wir warten auf die Wiederkunft Christi, auf die Vernichtung alles Bösen, auf die komplette Verwirklichung von Gottes Willen und Sein. Dieses Warten ist für das Christentum von grosser Bedeutung. Dieses Warten hält uns zusammen. Und ich wage zu behaupten: Wenn all diese Dinge, welche die christliche Eschatologie beschreibt, wirklich einträfen, dann könnte die Kirche einpacken. Sehen Sie, worauf ich hinaus will?»

Fredi schüttelte den Kopf.

«Ich vergleiche die Meistererwartung hier in Freiburg mit der Heilserwartung. Es herrscht eine riesige Euphorie, eine unglaubliche Hockey-Begeisterung, und ein wichtiger Grund dafür ist doch der, dass man noch nie Meister war, dass man gemeinsam sehnsüchtig darauf wartet. Man kennt das Meistergefühl nicht, man hat nahezu überirdische Erwartungen von diesem Meistergefühl. Sehen Sie Davos. Die waren dreissig Mal Meister, doch das Stadion ist immer halbleer. Warum? Weil man nicht mehr auf das Heil wartet. Weil man sich daran gewöhnt hat.»

«Aber warum ist dann die Kirche auch immer halbleer, wenn man da noch auf das Heil wartet?», wollte Fredi wissen.

«Das ist eine gute Frage», sagte der Pfarrer und blickte verdutzt, als ob er seine ganze durchdachte und erörterte Theorie, die er demnächst in einem Fachblatt zu publizieren gedachte, über den Haufen werfen müsste.

Zumindest heute war Gott kein Freiburger, um nicht sagen zu müssen, dass er ein Berner war. Fredi stand allein an einem Stehtisch der Fan's Bar, spärlich umgeben von einigen betrunkenen Freiburgern, sogar zwei, drei johlende Berner wagten sich noch ins Zelt. Fredi hatte nicht einmal Lust, ihnen die verdiente Tracht Prügel zu verpassen.

Da war die 2:3-Startniederlage gegen den SC Bern. Trotz einer frühen Führung hatte man es wieder verpasst, den Heimvorteil auszunützen. Und da war noch die Abwesenheit von Inga. Schon über eine Stunde wartete er, spähte nervös umher, doch er konnte sie nirgends erblicken. Fredi vertröstete sich mit der Vermutung, dass sie nach dem Spiel aus Enttäuschung sogleich nach Hause gegangen war – wie es sich für einen echten Fan eigentlich auch gehört hätte.

Er sah sich noch einmal um, vergeblich, dann nahm er niedergeschlagen den Bus und fuhr in den Schönberg.

Er hatte die Wohnung nicht abgeschlossen. Es war

einfach zu viel los in den letzten Tagen, er war ausgebrannt. Nach den Playoffs war es Zeit, wieder einmal richtig abzuschalten. Er beschloss, den Tag mit einem Bier zu beschliessen. Er schnappte sich eine Büchse aus dem Kühlschrank und setzte sich in die Stube. Den Fernseher mochte er nicht einschalten, er konnte Bilder von jubelnden Bernern nicht ertragen.

Da kam ihm plötzlich ein Gedanke. Es war ein Gedanke der – als wäre dies nicht schon ausreichend getan worden – die Dummheit, die Sinnlosigkeit von Big Bad Boys Projekt schonungslos offenbarte. Sitzplatzabonnenten. Fredi runzelte die Stirn. Wie konnte man sich nur auf solche Blender stürzen? Es gab da eine Personengruppe, bei der ein Einbruch viel lukrativer gewesen wäre, und deren Abwesenheit viel sicherer. Die Spieler. Und dann hätte man sich auch nicht an Brüdern und Schwestern aus der eigenen Stadt vergehen müssen, sondern an Bernern. Aber das konnte warten. Im Moment fehlte ihm ganz einfach die Kraft für weitere Husarenstücke.

Es war ganz still in der Wohnung, er hörte sogar die Lampe, die schwach leuchtete. Er nahm einen Schluck und wollte ein Taschentuch aus dem Hosensack ziehen, als er auf etwas anderes stiess.

Es war die rote Karte, die er aus der Wohnung des Toten hatte mitgehen lassen. Eine Geburtstagskarte, wie er lesen konnte. Als er die Karte öffnete, fuhr er zusammen und liess sie fallen. Aus der Karte dröhnte Musik, «Poison» von Alice Cooper. Fredi schüttelte den Kopf. Beinahe hätte er einen Herzstillstand bekommen.

«Lieber Grossvater, nachträglich alles Gute zu deinem 89. Geburtstag. Wir wünschen dir noch viele Jahre Glück und Gesundheit. Ronny und Eva.»

Etwas geschmacklos, dem alten Kerl eine solche Karte mit Ton zu schicken, fand Fredi. Geld oder andere Wertsachen fand er leider nicht. Hätte ja sein können. Er leerte das Bier, stand auf und warf die Karte ins Altpapier.

Er putzte sich die Zähne und zog sich bis auf die Unterhose aus. Als er bemerkte, dass er diese schon länger trug, zog er auch diese aus und nahm noch eine Dusche, die seine Müdigkeit aber auch nicht mehr vertreiben konnte. Danach watete er ins Schlafzimmer und machte das Licht seiner Nachttischlampe an.

Da stand sie ja. Er hatte sie bereits gesucht, doch nirgends gefunden. Die Hockeymaske. Es kam oft vor, dass Fredi Sachen verlegte. Er seufzte. Zum Glück fand dieser doch eher misslungene Tag ein Ende. Er liess sich aufs Bett fallen und knipste das Licht aus. Er schlief sofort ein.

Nachtrag

Angesichts des tragischen Endes von Gottéron-Anhänger Arnold W. Rappo (1923–2012) – er war ein guter Bekannter von Gründungsmitglied Eugène Jaeger gewesen – entbehrt es nicht der Ironie, dass im August ein gewisser Alice Cooper bei seinem Auftritt am Rock Oz'Arènes ein massgeschneidertes Maillot des HC Freiburg Gottéron trug. Bei «Poison» sang Ron Rappo in der dritten Reihe inbrünstig mit. Vier Reihen weiter hinten tat dies auch Inga Vonlanthen, etwas weniger laut zwar, dafür die richtigen Töne treffend. Roland Rothmeier sah sich das Spektakel wohlbehütet in der VIP-Zone an und gönnte sich ein kühles Bier. Letzteres tat im gleichen Augenblick auch Fredi Egger, wenn auch nicht in Avenches, sondern in seiner kleinen Wohnung im Schönberg. Nicht, dass ihn das Alice-Cooper-Konzert nicht auch gereizt hätte. Das Ticket war ihm allerdings zu teuer gewesen.

David Bielmann als Pierre Paillasse
Der Besuch der Russin (V)

Die reiche Russin Swetlana Zenowa will den HC Freiburg Gottéron kaufen, Fredi und Big Bad Boy geben sich als Clubführung aus.

Books on Demand | 2016
→ Erhältlich im Buchhandel

David Bielmann als Pierre Paillasse
Liga der Mörder (I – III)

«Hoch- und tiefgehende Eishockey-Emotionen in einem witzigen Krimi mit einer ordentlichen Prise Sarkasmus!»
Benjamin Plüss

WOA Verlag | 2013
→ Erhältlich bei david.bielmann@gmail.com

David Bielmann
Flucht eines Toten

«Sehr originell, eine spannende Odyssee.»
Luzia Stettler, SRF

WOA Verlag | 2011
→ Erhältlich bei david.bielmann@gmail.com

David Bielmann
Freedom Bar

«Ein oft sehr komischer Roman,
der vor Leben nur so kracht.»

Wolfgang Bortlik, 20 Minuten

ISBN 978-3-9524523-4-9
304 Seiten | Hardcover mit Schutzumschlag
Riverfield Verlag | 2016

→ Erhältlich im Buchhandel